谷川彰英

ALSを生きる

――いつでも夢を追いかけていた

東京書籍

ＡＬＳを生きる

――いつでも夢を追いかけていた

まえがき

「夢のはじまり」

小さいころから、私にはひねくれたところがあった。人が「こう」言えば「ああ」言う、「ああ」やれば「こう」やるというところがあった。「天邪鬼《あまのじゃく》」を辞典で引くと、「何でもわざと人にさからった行動をする人。また、そうした性質。もと、昔話に出て来る悪者」(『岩波国語辞典』)とある。さすがに「悪者」ではなかったとは思っているが、私には天邪鬼的なところがあったことに、今ごろになって気づいてきた。

どんな職業でも会社勤めや公務員の人にはいつかは退職の時がくる。その時は在職の後輩たちがお祝いの会をやってくれるのが普通であろう。国立大学とて同じことである。退職の時期に合わせて研究室の後輩たちが弟子や教え子らを集めて退職祝いの会を催すのが一般的である。つまり、趣旨はあくまで退職する先生の「お祝い」である。

私は2009(平成21)年3月に筑波大学を退職したが、そのような一般的な「お祝い」の会を望まなかった。この辺に私の天邪鬼ぶりが発揮されていると言えるかもしれない。

1年後の2010（平成22）年4月23日、東京のインターコンチネンタルホテルで私の筑波大学退職記念のパーティーが行われた。しかし、このパーティーは私が「お祝いされる会」ではなく、発想を逆転して、参加者全員が主体となり、私がその参加者全員に感謝の意を表して主催するという趣旨に基づくものであった。

普通の会だと「長年ご苦労様でした。奥様と温泉にでも行ってゆっくりしてください」と言われて花束をもらうのが落ちなのだが、そのような会にだけはしたくなかった。退職を迎えるまで多様な世界でおつきあいいただいた方々にお集まりいただき、私から感謝の意を述べること、そして若手の皆さんには相互に情報交換して刺激を受け合うことを期待した。あくまでも主体は参加者一人ひとりという建前であった。

参加者の人数はなるべく抑えようとしたのだが、結局300名近くにふくれあがってしまった。私は大学の教員として教育界で仕事をしてきたので、大学関係者や教員も多かったが、それまで縁のあった出版社の関係者たちの他、矢口高雄、ちばてつや、モンキー・パンチ、里中満智子などそうそうたるマンガ家の先生方にもご参加いただいた。おまけに不参加の予定だった数学者の秋山仁氏が、由美かおるを連れて突如登場するというハプニングつきのパーティーとなって参加者を驚かせた。

パーティーのコンセプトは「夢のはじまり」とした。筑波大学退職までの人生を第1の人生とすれば、退職後の人生は第2の人生となるはずで、その日はその意味で「夢のはじまり」であった。

私は世間的には大学教員として教育学者の道を歩いてきたのだが、実はもう一つその裏で地名作家の顔を持っていた。書いてきた著書の数では教育書よりも地名に関するものの方がはるかに多い。筑波大学の退職を機に、私は好きな地名の世界に入り、地名の本を思う存分書いてみたい——「夢のはじまり」にはそんな思いが込められていた。

夢は順調に滑り始めた。地名に関する著書は数多く出版したし、それなりの反響もいただいた。在職中は管理職であったためにテレビのバラエティ番組などへの出演はご法度だったが、それから解放されてテレビ出演も増えていった。

そんな矢先の2018(平成30)年2月、思いもかけず病に襲われた。それまで病気一つしたことがない私が意味不明の体調不良に陥ったのである。原因が判明しないまま、病状は少しずつ悪化し、翌2019(平成31)年3月、呼吸不全となって救急車で千葉大学附属病院に搬送され入院——。2か月にわたる検査の結果、ALS(筋萎縮性側索硬化症)と診断された。脳からの神経が十分行き届かず筋肉が萎縮していく病気で、現代の医学では治療不能とも言われた。

このような宣告を受けると、精神的にショックのあまり気が滅入った辛い毎日が続くのが普通であろう。確かに私は人工呼吸器を取り付けられ、身動きできない事態に陥った。外出もほとんど不可能になり、地名の取材に行くことなど夢のまた夢となってしまった。その意味では私の「夢」は閉ざされたのである。

しかし、今の私はその「夢」を乗り越えて「新たな夢」に向かって生きようとしている。それは私の天邪鬼的な性格によるものかもしれない。ALSが「そう」言うなら、私は「こう」生きてやろうと言ってみたくなる――一種の抵抗精神である。

そんなひねくれた私が書いた本が本書である。医学についてはまったくの素人がなぜこんな本を書けたのか？　それはこれまでの人生でおつきあいいただいた多くの方々の励ましがあったからである。

「夢のはじまり」の最後に参会者に請われて妻が挨拶《あいさつ》に立つことになった。ぶっつけ本番である。「これだけ多くの皆さんとおつきあいがあれば、家にいないわけです」と笑いを誘いながら、「主人は教員免許状も車の免許状も持っていないので、私が『出会いの達人』という免許状を授けます」と締めた。

人生は人との出会いによって決まる。これが私の実感である。本書には多くの方々が登場するが、それらの人々によって私は生きてこられた。そして、それらの方々から

「生きる力」をいただいている。それはこれからも続いていく。

第1幕はALSを宣告されるまでの経緯、第2幕は宣告を受けて考えたことを書いた。第3幕はそんな考えに至った自分の人生を振り返ってみた。ここにおつきあいいただいたさまざまな方々が登場する。そして、第4幕は「これからどう生きるか」である。お世話になった方々へ少しでも恩返しができればこれ以上の喜びはない。

本書刊行については、東京書籍株式会社代表取締役社長の千石雅仁氏、同取締役相談役の川畑慈範氏、同顧問の内田宏壽氏の格別のご配慮をいただいた。厚く感謝申し上げる。

2020（令和2）年1月10日

谷川彰英

◉目次

第2幕
病室の窓

第3幕
夢を追いかけた日々

第1幕

ALSとの闘い

（1）ある異変

1　カレーライス事件

異変は突然襲ってきた。２０１８（平成30）年の2月19日のことであった。久し振りに大好きなカレーライスを作って食べようとした夕食時のことである。日本国民でカレーライスが嫌いな人は珍しいと言われるほど、今やカレーライスは日本の国民食になっている。

前日の日曜日、私が理事長を務める中央教育研究所主催のシンポジウムが無事終わり、ホッとして久し振りにカレーでも作って食べようかという話になった。私のカレーの食べ方は、ルーをビールのつまみにして何杯かお代わりするというのが習慣となっていた。ところが、この日に限って2杯目が口に入らない！　おかしい……、何かいつもと違う！

妻も不思議そうな顔をしてつぶやいた。

「変だわね、いつもは何杯もお代わりするのに……」

結局、その日はそのまま寝て翌日を迎えた。しかし、翌朝も食欲は一向に湧いてこない。普通だったら、昨晩のカレーの残りを食べるのがこれまた習慣だった。翌日のカレーがうまいことは周知の事実だ。だが、その意欲も湧いてこない……。

それればかりか、精神的な安定感も失っていた。その場にいることがいたたまれなく、どこか外に行きたいと強く思った。どこでもよかった。できれば山がいい。私は信州の山の中で生まれ育ったので精神的に追い込まれた時は、無性に山を見たくなる。これは信州人の特性と言っていいであろう。

だいぶ昔の話だが、大学の教員として筑波大学に勤めていたころ、一度だけ精神的に追い込まれて危機的状況に陥ったことがある。当時私は教育学者としては一番乗っていた時期で、学校現場の教師向けの講演などで全国をまたにかけて走りまわっていた。授業や会議などで週3日くらいは大学に出勤していたものの、その他はすべて全国行脚の日々だった。それは平《ひら》の教員だったからできた行動で、管理職になったら当然そのような行動はとれないのはわかっていた。

そんな調子で勝手気ままに動いていた私だったが、ひょんなことから大学院修士課程の教育研究科長に選ばれてしまった。２０００（平成12）年のことであった。研究科長になってしまった以上、真面目に勤務しなければいけないという一種の使命感から、毎日研究科長室につめることにした。ところが、その生真面目さが私を精神的に追い込んでいった。当時私は単身赴任で、ウィークデイは宿舎に住んでいたが、ある夜寝ていて天井が落ちてくる夢を見た。その恐怖から目を覚ました。妻にその話をしたら、心理屋さんの彼女はえらく心配してくれ、うつ状態なのかもしれないと言った。これまで私自身はうつ状態になったことなど一度もなかった。

考えたあげく、どうしても信州の山が見たくなって、ひとりあずさに乗って松本に帰った。松本は私の故郷である。松本城の北に連なる城山《じょうやま》から北アルプス連山や美ヶ原を眺めたが、私の心は回復することはなかった。

その時はまだ何が何だかわからなかった。多分、それまで勝手気ままに動いていたのが、いきなり9時~5時の勤務になったので、その生活リズムに対応できなかったということだろう。後日談だが、サラリーマンを経験している息子たちからは、「普通の人がやっていることができない方が問題だ」と笑われる始末だった。

そんな状態がしばらく続いたが、ある日、妻が心配してつくばにやってきて、とにかく山を見たいという私を車に乗せて筑波山に向かった。つくば市周辺では山といえば筑波山しかないのである。

ちょうど5月ごろの新緑の季節であった。筑波山の中腹に鎮座する筑波山神社に向かうにはつづら折りの道をくねくね上っていく。神社の前の店に着いてはるか関東平野に目をやった時、

「ケキョ、ケキョ……」

という鶯の鳴き声が筑波山の山麓に響いた。その瞬間である。目から涙が溢れてとまらなかった。なぜかはわからない。でも、涙を流すことによって、心の中にあった何かがスーッと引いていくのがわかった。まさに山に鳴く鶯によって私は助けられたのだった。

こんな経験もあったから、カレーライス事件の翌日もどこか山に行きたいと思った。しかし自宅のある千葉市には山らしい山はない。そこで妻と相談して長南町《ちょうなんまち》にある笠森観音に行こうということになった。妻は坂東三十三カ所巡りで、この観音様に詣でたことがあるという。笠森観音は坂東三十一番札所で、国指定重要文化財になっている。私もかつて訪れたことのある寄木づくりの有名な観音堂である。

妻の運転で1時間半くらいのドライブだった。ちなみに私は運転免許証を持たない化

石のような人間なので、いつも助手席である。その助手席の空間がいつもより狭い圧迫感を感じていた。

　駐車場から観音堂へはいかにもお寺の参道といった坂道が続いている。その坂道沿いに聳える杉の大木を見た途端、急に目に涙が溢れてきた。あの時の筑波山と同じだ。やはりメンタル面で追い込まれていたのだろうか……？

　食欲があるかどうかを確かめるために途中コンビニで買った稲荷ずしを口に入れたが、それも空しい試みであったようだ。一瞬心が晴れたように感じたが、重い心の絨毯《じゅうたん》を取り払うことはできなかった。

2　体重激減

　それどころか、不安はますます広がっていった。まず驚いたのは、体重が1日ごとにどんどん減っていったことだ。これは恐怖だった。長い間生きてきて体重がこんな速度で落ちてきたことはなかった。

　それまで私はむしろダイエットを心がけていた。特にテレビ出演などの前はなるべく減量を心がけた。１週間ほど前から食べる量を減らしビールの量を減らしはするのだが、結果は芳しくなかった。１キロ２キロを落とすことは容易ではなかった。

ダイエットしていても体重が落ちないのに、その日以降、１日に１キロ近くも体重が落ちていった。１週間で10キロ近くも落ちたのである。これは恐怖だった。なぜ……？　なぜだ……？

それまで病気一つしたことのない健康体を誇ってきた私だっただけに、医学・医療への知識は皆無に近かった。医学の知識に関心さえ示してこなかった。ひと昔前まで、いやふた昔前までは、人々が「お元気ですか？」と挨拶するのが不思議だった。「元気ですか？……なんて、当たり前のことをなぜ訊くんだ？」と勝手に思い込んでいた。

医学の知識に疎いそんな私がまず疑ったのは、膵臓《すいぞう》がんではないかということだった。膵臓がんになると体重が減り、気づいた時には手遅れだという程度の知識は持ち合わせていた。これは正直恐怖だった。おれの命はあと数か月かもしれない、と思うと、無知な私はいたたまれなくて、かつて私の事務所を置かせていただいていた㈱スピーチ・バルーンというデザイン会社に足を運んだ。

この会社のオーナーは原友子《ゆうこ》さん、社長は森嶋則子さん。私はそこの顧問ということになっている。

このお二人とは後で述べるように、マンガジャパンという組織を通じて知り合った仲だったが、原友子さんのご主人が10年前に膵臓がんで亡くなっており、医学・医療関係の知識・経験が豊富だったからである。友子さんのご主人の故原孝夫氏とは宮城県石巻市に石ノ森萬画館を建設するために戦った戦友のような仲だった。

そこで教えてもらったのは、膵臓がんは血液検査によるマーカー検査なるもので簡単にわかるということだった。そんな基礎的な知識さえ持ち合わせていない自分にあきれてしまった。

さっそく行きつけの内科医院の谷嶋医院に行った。待合室で待っている間の私の顔は恐怖でひきつっていた。鏡を見なくても自分でわかっていた。いつもお世話になっており、私の本を何冊も読んでいるという師長さんが通りかかった時、思わず「膵臓がんかもしれない……」と口走ってしまったほどだから、そのうろたえぶりがわかろうというものだ。

主治医の谷嶋俊雄先生は、「街の名医」と言っていいだろう。山王病院という大病院を抱えながら、そちらは奥さんに任せて、ご本人は80歳を優に超えているにもかかわらず谷嶋医院で街の病人を迎えている。ファンが多く、早朝順番どりをしないと午前中の診療を受けるのは難しいという人気である。谷嶋先生はとても親切な方で千葉大医学部卒。私がかつて千葉大学教育学部に勤務していたことを知り、その分親しくさせていただいていた。

自分としてははてっきり膵臓がんかもしれないという恐怖にかられていたせいか、谷嶋先生もびっくりした面持ちで私を迎え入れてくれた。先生はいつも通り熱心に私の話を聞いてくださったが、

「どう見ても、膵臓がんの顔をしてないな……」

笑ってこうつぶやいた。数日後のマーカー検査の結果ではとりあえず膵臓がんの心配はないとの結果を得た。膵臓がんの心配がないことがわかりホッとしたが、依然として病気の原因は不明のままだった。ではいったい原因は何なのか……。医学の知識がない者の悲しさというべきか。他のがんの可能性だって否定できないのではないか。不安は膨らむばかりだ。

3　前立腺がん

カレーライス事件から1か月後の3月の末、新たな危機が襲った。妻は仲間とともに西国三十三カ所巡りの旅に出ていた。妻は私のことを心配して、近くに住む次男夫婦の家に私を夕食に招くよう取り計らってくれた。

次男の家で夕飯をご馳走になり、自宅に戻ったのは夜の10時ごろだった。いざ寝ようとしたら、無性にトイレに行きたくなった。いくら排尿してもすぐトイレに行きたくなる。それは異常だった。もともと加齢もあって夜間にトイレに起きることが多かったが、それにしてもその夜のトイレはあまりに異常だった。

そこで、翌朝早く起きて、朝一番に近くの総合病院の泌尿器科に行って診察を受けた。泌尿器科というところに行ったのは、これが初めてであった。血液検査の結果は1週間後に出た。そこで初めてPSAの数値について教えられた。0〜4までが正常値で、それ以上だと前立腺がんの可能性があるので、できれば生研を受けた方がいいとのことだった。私の数値は7を少し上回っていたのだ。

頻尿については、後で単純な事実に気がついた。体重激減について先に述べた谷嶋先生に相談したところ、体重なんてものは1リットル水を飲めば1キロ増えるからそう気にすることはないと教えられてから、夕方体重を量る前に水を200〜300ミリリットル飲んでいたことによるものだった。

本当に無知というのは恐ろしいものである。我ながら情けない自分を悲しんだ。

しかし、この前立腺がんかもしれないという恐怖は私をさらに窮地に追い込んだ。今まで自分ががんになるなどとは考えたこともなかった。少し勉強してみると、前立腺がんは進行が遅く、早目に手を打てば恐れることはないことがわかってきた。実は松本にいる実の兄も前立腺がんの治療を行って成功していることがわかった。こんなことでもなければ、実の兄弟間の情報交換もないとはこれもまた情けない話だ。

兄のアドバイスでは、前立腺がんの治療は陽子線治療がいいとのことだった。一般的にはホルモン剤の治療による他、放射線治療、そして前立腺摘出の治療である。しかし、治療費は高いが、安全面等では陽子線治療がいいと勧めてくれた。聞けば聞くほど、陽子線治療がいいことがわかってきた。しかもラッキーなことに、2018(平成30)年の4月から保険がきくことになったというのである。ますます利用しない手はない。

ただ、その陽子線治療を行っているのは全国で12カ所の病院しかないことがわかった。その一つが私の田舎の松本市にあるというのである。相澤病院は私の母も最期にお世話になった病院なので記憶に残っている。関東では千葉県柏市にある国立がん研究センター東病院と筑波大学附属病院の二つだという。

いやいや、陽子線治療云々以前にがんであるかどうかの生研を受ける必要がある。たまたま高校の同窓会で同席した友人と話していたら、彼は柏の東病院で陽子線治療を受け、その後問題ないと話してくれた。彼の情報は私を大いに励ましてくれた。彼も生研は受けた方がいいという。問題はどこで生研を受けるかだ。

いろいろ考えたが、やはり生研を受けるなら千葉県がんセンターでという結論になった。近所に、やはり県のがんセンターで生研を受け治療もしたという親しい友人がいた。その友人から、がんセンターに長く勤めてから開業医に戻ったという泌尿器科医院を紹介していただき、そこに通うことになった。

素人判断なので、ことはそう簡単に運んだわけではない。がんセンターで生研を受けたなら、がんセンターで治療を受けなければいけないのではないか、がんセンターから柏の東病院を紹介してもらえるのか、と医療の知識に疎い素人の患者は迷うばかりだった。

それにしても、自分ががん専門の病院に通うことなどまったく夢にも思ったことがなかった。しかし、それでも前立腺がんに関する情報は集め、少しは理解を深めたつもりだった。

4 「T2通信」

しかし、この辺から妻との間に微妙な意識のズレが生じてきた。私としてはこの症状をオープンにして多くの正確な情報を得て判断すべきだと考えた。それには年数回発行している「T2通信《ティーツー》」に現状を報告してさまざまな情報を得た方がいいのではないかと妻に相談したが、妻は反対だった。彼女の言い分は、この程度のことで騒ぎ立てて皆さんに動揺を与えることはないというものだった。

私は筑波大学退職後、「T2倶楽部」という仲間内の会を組織し、「T2―NET」という会報を年数回発行していた。現在は「T2通信」と改称しているが、あくまで私の近況、新刊本の紹介などが主な中身で、一方的に私から情報をお送りするという性格のものである。A4数枚の報告で、その都度経験した活動や新刊情報などを書いていた。

例のカレーライス事件までは、元気でフル活動していたから書くことに事欠かなかった。むしろどの話題をカットするかで悩んでいたくらいだ。しかし、今や元気なころのような話題がなかった。いや、なかったわけではないが、頭の中は不可解な体重激減と前立腺がんのことでいっぱいだ。もう書けない……。

ところが、この程度のことで会員の皆さんに心配をかけることはない、通信の役目は会員の皆さんに元気をあげることでしょ、というのが妻の言い分だった。50年近く共に生きてきた夫婦だが、この時ほど生き方の上でのギャップを感じたことはなかった。しかし、よくよく考えれば妻の言うことには一理あった。

前立腺がんを除けば、病名もわかっていない。いや、病気かどうかもわかっていないのである。結果的には最新刊の『「六本木」には木が6本あったのか？』（朝日新書）やＮＨＫの「日本人のおなまえっ！」をめぐる話題で何とか通信を送ることができた。

この時期が一番の危機状態ではなかったか。後で述べるように、私は心配性なのか、先を先をと読まないと動けないタイプらしい。それに対して妻は「なるようにしかならない」と思っているようで、慌てていない。それが彼女の個性によるものなのか、女性特有なものなのかは、わからない。ただ、彼女の「私まであれこれと騒いだらダメでしょ」という言葉は納得できた。言うなれば、妻は私の勝手な行動にストップをかけてくれる役割を果たしてくれていたのだ。

5　救急車

すでに述べたように、もともと院長ががんセンターに長く勤務されてきたという泌尿器科医院で前立腺の治療を受け、結果的に県のがんセンターで生研を受けることになった。

ところが、その過程でとんでもない事件が勃発した。当時前立腺炎対応のかなり強い薬を毎朝飲むように言われていた。薬を飲みなれていない私にとっては結構きつい薬だった。朝飲むとしばらく頭がふらふらする。だから、朝食後に薬を飲んだ後は、ベッドでしばらく休むことにした。

ところが、ある日、泌尿器科医院に行って新しい薬を処方されたのだが、事務職員のアドバイスでさらに同じ薬を重ねて飲んでしまったのである。これには私の不注意もあったので、問題を他人に押しつけることはまったく考えていない。

医院を出て、近所の店で買い物をした後、自宅に近いスーパーに向かっていた時のことである。私が覚えているのは、スーパーの駐車場の入り口あたりまでで、その後はまったく記憶に残っていない。妻が車を停め、スーパーに行こうとした時、背後に突然ガーン！という激しい音を聞いたという。ふと見ると私が倒れていたのだという。周囲にいた人の話では、私は車から出ようとした際、ふらついて車のドアにしばらくしがみついていたが、いきなり後ろに倒れたのだそうだ。

幸い、倒れた後、わずかな時間の間に意識を取り戻していた。目を開けてみると、青い空に雲が浮かんでいた。そして、多くの人々が私の方を心配そうにのぞき込んでいた。だが、いったい何が起こったのかまったくわからないまま、救急車が来るのを待つことになった。頭に手をあてがってみると、血がべっとりとにじんでいた。70年以上生きてきて救急車で運ばれたのはこれが最初だった。

運ばれた病院でＣＴなどを撮った結果、頭には特に異常はないということで、入院せずに帰宅できることになったのは不幸中の幸いだった。

しかし、この経験は私に大きな恐怖を与えることになった。薬の影響でいつどこで倒れるかわからないという恐怖である。とにかく生まれて初めて経験した精神状態だった。今考えれば滑稽な話にも聞こえるが、家の近くの公園を散歩する際にも、自分の名刺を必ず身につけ、そこに妻の携帯番号を記すという配慮までした。その時は確かにそうせざるを得ない境地であった。病気に慣れていない素人の焦りのようなものだったのかもしれない。

6　負の連鎖

体重減少の原因もわからないまま、いつのまにか前立腺がんの問題に意識は流れていった。９月26日、千葉県がんセンターで生研を受けた。生研を受けた経験者の話では、「手術そのものはそう大したことないけど、その後が大変……」とお茶を濁す人が多かった。

確かにその通りだった。手術そのものは30分余りで終わったものの、手術後は数時間絶対安静で、一泊の入院を余儀なくされた。問題はそれだけではなく、血尿が続き痛みも1週間ほど続くのだった。確かに二度としたくはない経験だ。

1週間後に検査の結果が知らされた。がんの確率は半々だと言われていたが、結果的にはPSAの値は9を超えており、「残念ながら出ちゃいました」と告げられた。どういう治療を選びますかと問われ、あくまで陽子線治療を受けたいので、柏市にある東病院に紹介状を書いていただけますかと頼むと、若い医師は快く紹介状と関係データを用意してくれた。

そこのところは私が勤務していた大学というところとは違っているように思えた。専門分野が違うので単純な比較はできないが、私たちの分野では違うセクトの関係者に情報を流すことはない。医療の世界の方が数段進んでいるのだろう。

しかし、このころが私にとっては最も辛い時期であったと言える。ありがちな話だが、「なぜおれだけがこんな目に遭わなければいけないんだ」という思いがじわじわと湧き上がってくるのを抑えることができなかった。いったんそういう思いに駆られると、喉の調子が悪かったり、耳の調子が悪かったりしただけで、周囲の人々にはそんな悩みはないだろうと考えてしまい、やりきれない思いに駆られることがしばしばあった。自暴自棄に陥りそうな自分自身が怖かった。

これは明らかに負の連鎖だった。一つのマイナス思考が次々にマイナス思考を生んでいく。これが負の連鎖である。

一番怖かったのは、これまであった社会とのつながりが断絶することだった。当時、私がメインに携わっていた仕事は作家として地名の本を書くことだった。すでに出版社との間で長年続けてきた「地名の由来を歩く」シリーズの次の作品として、『神奈川 地名の由来を歩く』を書くことが決まっていた。私の本はすべて現地取材をもとに書くことになるので、まず取材に行けるかが問題だ。それができなくなったらどうしよう——そんな不安がまず襲った。

さらに、長くつきあってきた教育界の仕事への不安も募ってきた。公益財団法人中央教育研究所理事長、東京教育研究所所長、読売教育賞審査委員会座長などであった。それらのつながりが切れてしまったらどうしよう。いずれも親しくしてきた人々との接点がなくなることこそ怖いと思った。

（２）病魔の進行

１　ＮＨＫ「日本人のおなまえっ！」

前立腺がんの治療とは別に、体重減少は依然として大きな課題だった。体重を落とさないように、なるべくしっかり食事をとろうとした。以前75キロ近くあった体重は62キロ程度まで落ちていたが、何とかその線をキープしようと努力していた。

しかし、体調はなかなか戻らない。これまで診ていただいていた主治医の谷嶋先生に、セカンドオピニオンとして伝統ある総合病院の院長先生を紹介いただいて、改めて診断を受けた。結果は内科的にはまったく問題ないとのことであった。その診断結果を聞いて、医学的には問題ないとしたら大丈夫と思う反面、しっくりこないものを感じたのも事実だった。問題ないと言われても、身体の異変は相変わらずだったからだ。それでも、身体の異変は気の問題かもしれないという思いで日々過ごしていた。

NHKの人気番組「日本人のおなまえっ！」への出演依頼を受けたのは5月ごろであった。前年の暮れに宮崎美子さんと東京の「青山」「新宿」「八重洲」を歩いたのが好評を博し、第2弾として東京の下町を歩きたいとのことだった。これには多少躊躇《ちゅうちょ》した。気持ちはやってみたいけれど、体がついていけるかどうか不安は大きかった。

打ち合わせ場所は東京駅丸の内北口のオアゾ4階にある丸善の喫茶店だった。少し早めに家を出て、制作会社のスタッフ数名が待つ店に行く前に、4階のトイレ前のベンチで少し休んでから店に向かった。5月段階でも多少歩くのに不具合を感じていたのだ。

東京の下町についていろいろ話したが、今回はスタジオにも出演してほしいとのことだった。ちょっと迷った。体調万全ならば問題ないと思うが、現状であの古舘伊知郎《ふるたちいちろう》のテンポについていけるかどうか、正直自信はなかった。

しかし、その後内容が決まったとして台本も送られてきた。もう逃げるわけにはいかない。ただ、体調が悪いので、ロケの朝は車で迎えにきてほしいという条件をつけた。

ロケは7月18日、猛暑日だった。朝6時半にタクシーが自宅まで迎えに来てくれて、8時半にはロケ隊は下町に出発した。「日本橋」を皮切りに「銀座」「両国」「秋葉原」とロケは続いた。体調不良の私にとっては、死のロードのような行程であった。同行したのはタレントのビビる大木さんと元AKB48のメンバー増田有華さんだった。

移動用のバスの中は冷房が効いているが、一歩外に出ると40度近い猛暑である。バスを降りて移動する際はスタッフが私たちを日傘で覆ってくれるが、もちろん本番は炎天下での大仕事である。若者だって大変なのに、70歳を超えた老人にとっては、まさに死活問題であった。実際、銀座を歩いた時は足がふらふらしたし、最後にロケをした秋葉神社では立っているのが精いっぱいの状態であった。

それでも、最終的にはロケは成功し、スタジオの収録も無事終了した。スタジオ収録は8月3日であった。この段階ではまだロケも講演も何とかこなす体力が温存されていたのである。

スタジオ収録の2日前、私は長野県松本市にいた。私は信州松本の山の中の寺院に生まれ育ったが、その寺院から8月1日にお施餓鬼《せがき》があるので、それに合わせて檀家の皆さんに地名の講演をしてくれないかという依頼を受けていた。例のカレーライス事件以来、1泊泊まりで講演旅行に行くのは初めてであった。

懐かしい本堂で約200名の檀徒の皆さんに地元の地名の由来などについて、資料をもとに話をした。「信濃」の由来や、「安曇族」と「筑摩《ちくま》族」の違いなど、内容的には工夫したつもりだが、ずっと一方的に話すのは1時間が限度だなということを実感した。

2　駅まで歩く

　秋に入っても、依然病の原因は不明だった。行きつけのカイロプラクティックに行ったら、やはり歩くのが一番だと言われ、何とか歩く訓練をしようと考えた。そこで考えたのが、自宅近くのバス停からＪＲ稲毛駅までの約３キロ半の行程を歩くというプランだった。

　自宅はかつて千葉国体をやった広大なスポーツセンターの裏手にあり、あたかも自宅の庭のように使えたので、人はその公園を歩けばいいと考える。しかし、理系に弱い私としては豊かな自然そのものがピンとこない。高校で生物を履修しなかったこともあって、四季折々に変化する自然の変化にもついていけない。

　第３幕で詳しく述べるように、教育学者としての私の仕事は、小中高等学校の社会科の教師とその研究者を育てることであった。いわば、私は学校の社会科の先生の「先生」に当たると考えてもらえればいい。社会科教師を育ててきた私としては、人の行き交う街中を歩く方がずっと面白かった。コースには古い寺もあり、レストランもあり、さまざまな店も並んでいる。街は刻々と変わっていく。途中メロンパン専門の小さな店があり、女子高生などがたむろしている姿などが目に映り、ほほえましかった。

しかし、そのコースを一気に歩き通すことはすでに不可能だった。200～300メートルを歩いては休みながら、およそ1時間かけて3キロ半を歩くのが精いっぱいだった。

街のコースを選んだもう一つの理由は、考えてみると怖い話だが、歩いている際不慮の事故があった時に助けを求められるということだった。実際、人がいないところを歩いていた高齢者が倒れ、助けを求められないまま命を落としたという事例が同じ町内で起こっていた。

3　「平成の伊能忠敬」？

しかし、そんな中でも講演は引き受けていた。いずれもこれまでやったことのないほどの大きな講演だった。一つは千葉県生涯大学校卒業生学習会主催の講演会だった。平均年齢73歳の皆さんが1000人も集まるのだという。職業柄、講演は数多くやってきたが、聴衆1000人という講演はそう多くない。いや、何十年ぶりのことである。90分の講演だったが、声が十分出なかったので、資料に文章を載せてアシスタントの方に読み上げてもらう方式をとった。この方式で何とかこの大講演会を無事終えることができた。これが10月16日の状態であった。

もう一つは、日本女子大学の教育学科主催で、学生が主体的に外部講師を呼んで講演会を企画するというものだった。同大の担当准教授の齋藤慶子さんは筑波大学時代の私の教え子であり、学生代表とともに何度かの打ち合わせの上、10月11日に神奈川県の生田キャンパスで3時間に及ぶ講演を実施した。

この企画に乗ったのは、教え子からの依頼であったということもあるが、それ以上に企画のユニークさに魅力を感じたからである。普通の講演だと演題を決めて一方的に話すだけのことだが、この企画は学生自身が主体的に講師と打ち合わせをして内容を決めていくのだという。近年、アメリカの影響もあって、大学でも「アクティブ・ラーニング」と称して学生自身が主体的に学習に取り組むというのが注目を集めている。昔のように、教員が一方的に講義していればいい時代ではないのだ。

私のこれまでの経歴や著作などを調べて学生たちが決めた演題が、何と「必見！ 平成の伊能忠敬に聞く」であった。齋藤さんからその演題を聞いた時、心底驚いた。日本女子大の学生たちは何を考えてるのか？ よくよく聞いてみると……。

伊能忠敬は周知のように、50歳を超えてから江戸に出て天文学を学び、幕府の援助を受けて日本地図の作成に携わることになるのだが、私も高齢になってから全国の地名の調査に取り組んで多くの著書を出している、その点が似ているからだという。

第3幕で語るように、私は学生時代ドイツの教育学に打ち込んでいたが、学部3年から4年にかけてドイツに遊学した際、キリスト教の壁にぶつかって帰国。そして日本独自の教育はないかと模索する中で日本民俗学創始者の柳田国男に出会うことになった。

柳田は日本独自の教育として「謎と諺」に注目した。この話が学生たちにとっては一番面白かったらしい。例えば、「一つ目小僧に足一本ナーンゾ」という謎がある。「一つ目小僧」に「足一本」という具体的なイメージを抱かせ、それが何を指しているかを問うのである。答えは「縫い針」である。そう言われてみればその通りなのだ。このような「遊び」が日本人を形成してきたというのが柳田の教育論なのである。

これは二段謎と呼ばれるものだが、ちょっと進むと三段謎というものになる。「〇〇とかけて〇〇ととく、その心は」という謎である。一つ試してみよう。

「葬式とかけて鶯ととく、その心は」

こう問われると、まず「葬式」と「鶯」がどんな関係になっているかを考えることになる。答えは「泣き(鳴き)泣き(鳴き)埋め(梅)に行く」である。説明は不要だろう。

一番盛り上がったのは、私の自作の謎だった。

「風邪とかけて倦怠期の夫婦ととく、その心は」

これをグループごとに考えさせたのだが、学生たちはよく考えてくれた。答えは、

「熱は収まっているのに、なかなか咳（籍）がぬけない」

である。これには学生たちも小学生のように喜々として反応してくれた。

この講演は3時間かけた大仕事だったが、何とかやり遂げることができた。

4　釧路事件

そんな状態でさらに11月を迎えた。「エンジン01文化戦略会議」という文化人の組織がある。ホームページによれば、「各分野の表現者・思考者たちが日本文化のさらなる深まりと広がりを目的に参集したボランティア集団です」とある。エンジン01（ゼロワン）の01は２００１年に発足したことにちなむもので、エンジン（ＥＮＪＩＮ）とは、Encourage Japan Intelligent Network の略である。

エンジンの活動の中核になるのは、毎年地方の都市で開催されるオープンカレッジである。２０１８（平成30）年度の開催は北海道の釧路市であった。３日間にわたって開催されるオープンカレッジは、初日にはオープニングのイベントとウェルカムパーティー、

翌日は百数十名の会員による数十にわたる講座が設けられ熱心な討議が展開される。その夜は市内の居酒屋やレストランを貸し切って市民と交流する飲み会がある。エンジンでは「夜楽《やがく》」と称している。

私がナビを務める講座は、この10年来「地名」を取り上げる講座で、オープンカレッジには欠かせない存在に成長していた。

体調はそう悪くないと思っていた。

空港からバスで会場に移動してバスを降り、ホールに向かおうと階段を上ろうとした時のことである。身軽に数段の石段を上ろうとしたところ、足が上がらずに隣の人に思わず助けを求める結果となった。これは意外だった。何かがおかしい……。

その日の夕方のウェルカムパーティーは盛大なものだったが、あまりの熱気に押され、私は隅に用意された椅子に座って食事をせざるを得なかった。

この釧路での経験が私の病状がさらに進んでいることを示唆していた。毎年1回顔を合わせるのが楽しみでオープンカレッジに参加してくる会員がほとんどで、元気な姿を見るのがお互いの楽しみでもあった。

しかし、1年ぶりに私の姿を見て多くの仲間は心配そうに声をかけてくれた。かと言って、原因がわかっていない以上、私の方でも説明のしようがない。

会員の控室から講座を開く教室までは地元のスタッフが誘導してくれるが、階段はやめてエレベーターを利用した。階段を降りるのは大丈夫なのだが、上りがだめ。しかし、教室に着いて椅子に座ってしまえば、あとはこちらのもの。しゃべることには困らなかった。

例年担当している「地名」講座は、アイヌ語がわからないと北海道の地名は解明できないということで、その年は毎年おつきあいいただいてきたコピーライターの岡田直也さんにナビを譲った。私がナビを託されたのは、ノンフィクション作家として、いかにノンフィクションを書くかという講座であった。

5　東京駅構内事件

釧路のオープンカレッジは何とか乗り切った。しかし、問題はそれ以降であった。まだ何とか東京での会議には顔を出すことができた。会議によっては帰りはタクシーを出してくれるので問題はなかったが、行く途中は苦労した。総武線快速電車のグリーン車に乗ることが必須。何とかなるべく歩く距離を少なくしようと試みた。

しばらくは東京駅で地下鉄丸ノ内線に乗り換えるのに何の苦もなかったが、次第に苦痛になってきた。池袋駅の近くの立教大学に行くには地下鉄を降りて西口の地下道を500メートルほど歩く必要がある。かつては一気に歩けたのに、中ほどにある喫茶店でコーヒーを飲んでからまた歩くことに……。やはり、何かが進んでいる。でもこの時点では運動不足からくる脚力の衰えかもしれないと考えていた。

しかし、決定的な瞬間がやってきた。東京駅の構内を一気に歩き切れないという事態を招いてしまったのである。東京駅丸の内北口にあるオアゾの丸善から東京駅構内に入り、地下の総武線快速ホームに向かおうとした時のことである。エスカレーターを降りてさらに地下に向かおうとした。その距離はどうみても数十メートルに満たない程度のものである。しかし、その距離を歩いているうちに、とてもエスカレーターまでは歩けないと一瞬迷った。足はそのまま職員がいる事務所に向かってしまった。

「車椅子をお願い……」

と言うと、親切な職員が丁寧に椅子を差し出してくれた。しばらく待たされたが職員は総武線地下ホームまで車椅子で案内してくれた。折しも2020年のオリンピック・パラリンピックへ向けての対策のためか、困っている人がいたら「声掛け」をしようというキャンペーンを行っている最中《さなか》の事件であった。

これは私にとってショックだった。東京駅構内を歩き切れないなどということは、それまでの私にとっては考えられないことだったからだ。

6　幻覚・幻視

そして、２０１９（平成31）年に入って1月のことである。自宅からバス停までの距離が歩けなくなった。整形外科でリハビリをする必要があると思いながらも、いったいどの医院に行けばいいのかわからず、不安は増す一方であった。

それでも、東京の会議には顔を出していた。グリーン車を使って座り、駅からはタクシーで会議場まで出向く。何とか座ってしまえば話すことは自由にできた。昨年に続き、理事長を務めている中央教育研究所主催の教育シンポジウムに参加したのは2月9日のことであった。

シンポジウムの最後を締めるのは、私がナビゲーターを務めるパネル・ディスカッションである。この手のナビは私が最も得意とするところで、何とか乗り切ることができた。しかし、まともにこなせたのはこのシンポ・講演が最後になった。

その後、私は家の中に閉じこもることになる。一番おかしいと思ったのは、従来の食感が変わってしまったことである。今まで食べていたものの味が変わってしまっている。

あれだけ美味しいと思っていたものが、そう思えなくなってしまっている。

それに、さらにおかしいことは「幻覚」「幻視」なるものを感じるようになったことである。不思議な夢を見る、妙な音楽が遠くから聞こえてくる。そして極めつけは仮面ライダーに登場するショッカーが寝ている私を襲ってくるのである。

そして、むやみに眠い。朝起きて朝食を終えてまたベッドで眠る。いくら寝てもまだまだ眠い。おそらく、24時間のうち18時間ほども寝ていたことだろう。それが怖い前兆だとはまだ気づいていなかった。

さすがに妻も心配して神経内科の医院に行こうということになり、紹介された医院に行くことになった。そんな矢先に運命の日が訪れた。

（3）ＡＬＳの宣告を受ける

1　九死に一生を得る

２０１９（平成31）年３月22日のことである。妻と二人で夕食を食べることになった。昔は妻と二人でビールや焼酎、日本酒などをたしなんでその後軽い食事をとるというのが常だったたが、この何か月間は私はアルコールをほとんど受けつけない状態が続いていた。

しかし、どうしても食が進まない。かつての食感が変わってしまい、箸が進まない。この状態はそれまで少なくとも１週間は続いていた。いったん寝てから夜遅くに食べるからといって私はベッドに就いた。とにかく当時は24時間中18時間近く眠ってしまっていた状況だった。私はすぐ眠りに就いてしまった。

妻は私が就寝した後しばらくしてベッドに就いたのだと思う。その夜妻が目覚めたのは午前2時半ごろだという。隣に横になっている私は静かに眠っていると思ったという。ところがよく見ると、私はどうも呼吸をしていないらしいということがわかったという。肩をゆすっても気づかない。瞼《まぶた》を開けてみると、とても生きた人間の目ではなかったらしい。

妻は急いで救急車を呼んで助けを求めたが、受け入れる病院が決まらない。数カ所の病院がダメで決まらない。そして2巡目にしてようやく千葉大学の附属病院で受け入れてくれることになったらしい。スタッフは、「患者は呼吸していないんだ!!」と叫んで受け入れを依頼したということだ。

後で聞いた話では、あと15分発見が遅れていたら間に合わなかったろうとのことだった。まさに妻の偶然とはいえ適切な判断で九死に一生を得たことになる。

昨日まで元気だったのに、急に亡くなったという話は告別式でよく聞く話ではある。私も一歩間違えば、その運命をたどっていたのかもしれない。正直そういう逝き方も苦しみを味わわなくていいのかもしれないとも考えたりする。が、やはり、お世話になった方々に感謝の気持ちを伝えた方がベターであるようにも思う。そこは難しいところだ。

2　人工呼吸器

千葉大の救急医療センターに運ばれてから1日半私は意識を失っていたらしい。3月23日の朝に運びこまれ、その日は私の兄弟たちがかけつけてくれたが、意識は戻らなかった。翌日は、息子たちがかけつけてくれ、24日の夕方、私が意識を取り戻して目を開けてみると、妻と二人の息子たちの顔が目に映った。

私からすると、いったい何が起こったのか、今どこにいるのかさえもわからず、ただイライラするだけだった。しかも、酸素吸入器をあてがわれているので、苦しい上に声も出せない。ただ、相手の声は聞こえるので、およその状況は把握できた。

これが千葉大附属病院での入院生活のスタートであった。2、3日間はそれこそ息も絶え絶えの状態で、口には酸素を送るための管が詰め込まれ口の中が乾いてたまらない。体はベッドにくくりつけられ動きがとれない。しかも、意識を取り戻したばかりの私には何がどうなっているかさえわからない。

苦しい何日かを過ごしているうちに、いつの間にか人工呼吸器が取り付けられていた。私が倒れたのは呼吸困難が原因だったことは事実で、呼吸を楽にするためには人工呼吸器が必須と判断したという。それ以上のことは特に訊くこともしなかった。

とにかく、呼吸不全ということはわかったが、その原因は依然として不明だった。どうやら神経内科の問題だという判断はあったらしいが、病名は明らかにされなかった。さまざまな検査を繰り返したが、医師の診断は慎重だった。

3　宣告と告白

入院してからほぼ2か月後の5月30日、いよいよ担当医からの診断を受けることになった。さてここからはいささか趣を変えて、私がＴ２倶楽部の会員向けに送っている「Ｔ２通信」に書いた文章を読んでいただきたい。これは医師からの「宣告」について書いたもので、それまで明らかにしてこなかった病気の真相をＴ２倶楽部の会員の皆さんに「告白」したものでもある。

皆さん、お元気ですか？　3月、5月と通信が発行できませんでした。申し訳ありませんでした。これは3月号分です。

実は3月の末に緊急入院する羽目になり、千葉大学附属病院を経てつい最近千葉東病院に移りました。九死に一生を得た結果になったわけですが、毎日人工呼吸器との闘いが続いています。

ことの発端は昨年2月19日でした。大好きなカレーライスが突然食べられなくなって、1週間で体重が10キロも落ちてしまいました。それまで72年間病気などしたことがない私でしたので、何が起こったのかわからず戸惑うばかりでした。それこそ人生初の経験でした。それ以降、数えきれないほどの病院に行って診察を受けましたが、内科的にはどこにも問題ないとのことでした。すると、単なるメンタルな病気なのかとも考え、明と暗のはざまに立たされ、辛い日々が続きました。

通信では明の部分だけを書いたので、皆さんはおそらくお気づきにならなかったことでしょう。これは病気ではなく、数年後には「あんなこともあったっけ……」と思い出す程度のことだったかもしれないからです。あとは精神力で頑張っていこうと考えて、読売教育賞、中央教育研究所、東京教育研究所などの仕事のほか、講演などもこなしてきました。

これは通信41号の冒頭の部分だが、２０１９（令和元）年の6月15日付で送っている。この後本書で書いたように、釧路事件や東京駅事件を経て3月に救急車で千葉大附属病院にかつぎこまれ、2か月の検査を受けた後、医師の診断を受けることになったことが記されている。

当時の私の率直な思いを綴っていると同時に、後で紹介する会員のメッセージ等はこれに基づいているので、原文のまま紹介させていただく。長文だが、しばらくご容赦願いたい。

さて肝心なことを書くことを忘れていました。救急科から神経内科に移って最終的にいただいた病名はＡＬＳ（筋萎縮性側索硬化症）という難病です。先生から説明を受けてショックというよりも、妻も私も妙に「納得」してしまいました。これまでどの病院に行ってもわからなかった病名がわかったことにむしろホッとしたのです。

これは脳から発する神経が一部の筋肉に十分届かず、筋が萎縮していく病気だそうです。現代の難病の一つで、治療方法はないとのこと。

およそのことは予測できていたので、大きなショックはありませんでした。それなりの覚悟もできていました。

これが私の運命だったのでしょう。運命には逆らえません。70年余りひたすら突っ走ってきた人生でした。やり過ぎだったのでしょう。特に筑波大学の管理職、理事・副学長を務めていた時期は、土日・休日はほとんど地名の取材・執筆に充てていたので、ゆっくり休んだ記憶がありません。考えてみれば、自業自得です。

ＡＬＳはあと何か月でどうこうという病気ではありません。進行を遅らせることはできるのです。だとすれば、私に残された道はただ一つ。「それでも生きる！」ということです。実際は大変なことなので、簡単に言えることかどうかわかりませんが、そう言うしかないのです。

考えてみれば、私の人生は恵まれたものでした。寺院の息子に生まれながら、兄が跡を継いでくれたので、次男の私は自由奔放に生きることができました。小学校時代が終わるまでガキ大将だった私は、いつも人の前に立ち、何か新しいものにチャレンジする性格だったようです。よく言えば進取の精神ですが、悪く言えば自分勝手な生き方だったといえるでしょう。

若いころからいろんな組織を作ってきましたが、それらがまがりなりにも機能し得たのは、周りで私を支えてくれた多くの皆さんの力があったからでした。妻はいつも文句もいわずに事務局の仕事を務めてくれました。そして多くの会員の皆さんのお力によってそれぞれの会は成果を残すことができました。心から感謝しています。

昔、若いころは教育学部の教員として働き、退職したら余生を楽しむ……程度の想定しかしていませんでした。そのころ退職時の自分を想定したものを１００としたら、実際の私の人生は２００から３００に近いと言っていいでしょう。

生活科に手を出さなければ矢口高雄先生に出会うことはなかった。矢口先生を通じて石ノ森章太郎、ちばてつや、モンキー・パンチ、里中満智子等々並みいるマンガ家の先生方と親しくおつきあいさせていただきました。まったく想定外のことでした。

千葉大教育学部に職を得た私は、当然のこととして千葉大で終わるものと想定して家も買ってしまいました。それが筑波大学に引っ張られ、挙句の果ては理事・副学長までやらされることになりました。これもまったく想定しないシナリオでした。

そして、70歳を過ぎてからテレビ出演のオファーが続きました。これも意外！　そんな縁で宮崎美子さんにも顔を覚えていただきました。

さらにエンジン01との出会いも大きかった。林真理子、三枝成彰、秋元康などトップを走る文化人と接してみて、本当に能力がある人というのはこういう人たちなんだと多くを学びました。

やはり、でき過ぎの人生だったとしか言いようがありません。周りでサポートしてくれた皆さんのお陰です。

今難病と闘っている私の人生とは何だったのか？　これを確かめるのも本書刊行の目的の一つである。このような病状の中で見つけたものは「それでも生きる！」だったが、それは私の人生のどこから生まれてきたのか。それを発見する道でもある。

4　前兆

実はことの発端は3、4年前にさかのぼる。それまで健康に問題などまったくないと思っていた私に不思議な現象が起こっていた。

この10年余り、私の仕事といえば全国の地名を取材して本を書くことであった。訪問地ではビジネスホテルに泊まることになるが、その多くのホテルでは朝食はバイキング形式をとっていた。周知のように、バイキングではトレイに好みの食事をとって席に運ぶことになるのだが、そのトレイを運ぶのに支障をきたすことがあった。おかしいな、と思いながら同じことが繰り返された。もちろん大した重さでない。それを10メートル先まで運べないのである。おかしい、おかしい、と思いながら、時が過ぎていった。

初めは力の入れ方がまずいのではとも考えた。バランスの問題かな？ でもどうもおかしい。

そのうち、コーヒー一杯運ぶのも難しくなった。4、5メートルで椅子に座らなければならないとはどういうことなのか？ どう考えてもわからなかった。

この問題について、あちこちの病院に行って相談してもどこの医師も的確な説明はしてくれなかった。よく通った東京の虎の門病院でもわからなかった。整形外科で訊いても問題にされなかった。

ところが、このALSの説明では、脳神経が十分機能せずに一部の筋肉が萎縮していくのだというのである。これは私の数年来の疑問に答えてくれるものであった。

もう一つ、疑問になっていたのは、かつては私のクシャミは正確に「ハックショーン！」と大きいことで知られていた。ところが、いつの間にか、そのクシャミが出ないようになっていた。同様に咳《せき》も出ないようになってきた。これも不思議だと思っていた。妻ともなぜだろうと、いつも話していた。

医師の説明を聞いて、それまでずっと疑問に思っていたことが氷解した。まさに「目から鱗《うろこ》」のような思いだった。

5 「嬉し涙」

先ほど引用した通信の次号（42号、2019年7月10日発行）で、さらに私はこう書いた。

病名を告げられた日のことです。それまで原因不明で悩んできた症状がぴったり当てはまるのでむしろホッとしたというくだりは、すでに前号で書きました。医師の説明が終わって病室に残されたのは、妻と私、それに次男の嫁の3名でした（正確に言うと一歳半の孫もいました）。

私は妻に、「これまでずいぶんケンカもしてきたけど、ここまでやってこられたのはお前の協力があったからだ。ありがとう！　我が人生に悔いなし！」と筆談しました。すると、その瞬間妻の目に涙が浮かんだのです。それを見て私の目にも涙が溢れました。言葉は不要……。しばらく手を握っていました。私にとって、この瞬間は一生忘れられないものとなりました。

その姿を見ていた嫁がその日のラインに「お母さん、泣きたい時には泣きましょう」と書いていてくれました。なかなかの名セリフです。

ただ、その時の私の涙は「悲しい涙」ではなく、「嬉しい涙」つまり「嬉し涙」でした。妻に対する心底からの感謝の涙でした。

……こんなことまで書いちゃっていいのかなあ、と疑心暗鬼になりながら綴っています（笑）。読み飛ばしてください。

発症して1年半、その間の夫婦関係は決して順調と呼べるものではなかった。人間としてまともに正対すると、いつも意見が合うとは言えないことを痛感していた。

T2倶楽部の通信に何をどう書くかで、妻との間に意見のギャップが生じていたことはすでに述べた。私に溜まっていたフラストレーションは、要するに自分の病について率直に思ったままを書くことができないということにあった。

それが、このALSの宣告から、私たち夫婦はようやく同じ席につけることになった。原因がはっきりすることによって、初めて共通の敵を意識することができたのである。

この「嬉し涙」事件は、夫婦間のそれまでの葛藤に終止符を打つものとなった。もう隠すものはない。ありのままの自分を書けばいいんだと思うと、むしろ清々しさを感じた。

第2幕

病室の窓

（1）反響

1　驚き

私は「Ｔ２通信」を淡々と書いただけだった。何らかの反響を期待していたわけでは毛頭なかった。ただ事の真相を会員の皆さんに語れるだけでよかったのである。ところが実際には思わぬ反響があった。

よくよく考えてみれば、あれほど元気で活動していた人間が難病といわれるＡＬＳにかかったというのだから、そんなことって信じられない、というのが普通なのかもしれない。例えば、まず紹介するのは60年も前の中学校時代の同級生のものだ。

届いた通信読みました。びっくり！　びっくり。

原因がわかったとはいえ、大変な病気に苦しめられてしまい、何とも言葉がありません。運命と片付けるには悲しすぎるし、今まで人一倍頑張ったから仕方がないと諦めることもできません。我が白樺会の誇りでもある谷川さんです。まだまだやりたいことがあるのでしょう？

元気になって欲しい。希望を捨てないで。納得などしないで。（浜崎和子さん）

確かによく知っている同級生がこのような難病になったと聞けば、こんな気持ちになるのかもしれない。立場を逆にすればよく理解できる心境ではある。「何とも言葉がありません」という心境は多くの人にあったようだ。中には驚きとショックでメールも手紙も出せなかったという人もいた。「白樺会」とは中学校の同級会の名前だが、もちろん私はその「誇り」などではない。ただ、私にとっては思い出深い楽しい中学校生活ではあった。これについては第３幕で述べる。

次はほとんど面識のなかった仙台在住の会員からのメール。

はじめてメール差し上げます。

今回あれ？　久しぶりの通信、と開封したところ、先生の病気を知り、びっくりしてこうしてメールする次第です。

あれほど強健そうなお体で全国を飛び回っていらっしゃる先生がこのような病気になられたのは、神様（私は無宗教ですが）のお計らいがあるのかな、と考えています。そして、闘病中にもかかわらずこうして通信を続けてくださる姿勢に感動しています。

病気を告知されても受容し、なおも発信し続けるのは教育者たるゆえんでしょうか？　病気を含めあらゆるものに好奇心旺盛な天性の才ゆえでしょうか。

とても熱い思いでいます。

まずはお大事にというべきなのですが、リタイアーして以来ぐうたらしている私に喝を与えてくださったことに感謝しています。

（堅田由美子さん）


これを読んで堅田さんの気持ちは十分伝わってきた。それなりに私の通信を読んでいただいたことにむしろ感謝すべきところである。ただ一点、気になったことがあった。それは最後の一文である。「ぐうたらしている私に喝を与えてくださった」と書いている。

私にはまったくその意図はなかった。しかし、私の思惑に反してこのような反応はかなり多くの方々からあったことも事実である。次もその一つ。

丹伊田《にいだ》です。信じられないお便りに、言葉がありません。昨夏、連続セミナーの会でお目にかかって以来、ここのところ間が悪く学会にも欠席が多かったので、私にとっては突然すぎるお便りです。

何度も読み直しました。ALSについても調べました。こんな時でも、力や教訓をいただいているのは私の方だとずっしり感じています。それは「それでも生きる!」という言葉です。

(丹伊田弓子さん)

私が思ったままに書いた「それでも生きる!」という言葉が、力や教訓になっているという。そんなつもりで書いたのではないと今も考えているが、いつも酷評ばかりの妻も、珍しく病気以降の通信に関しては、淡々とよく書けているとほめてくれるようになったので、まんざらではないのかもしれない。ここに登場する「連続セミナー」とは、かつて私が組織していた授業づくりの研究会であり、「学会」とは私が発起人の一人として立ち上げた「日本生活科・総合的学習教育学会」のことである。丹伊田さんはその中心的役割を担っていた一人である。

確かにこのような反響は多くあった。見舞いに来てくださった方々の中でも、帰る際に「逆に元気をいただいた」という方も少なくなかった。

2　教え子から

私は生涯職業としては大学の教員だったから、当然多くの教え子がいる。その中で懐かしいメッセージを届けてくれたのが、千葉大時代の3人であった。千葉大時代、私は社会科教材研究概説という授業を担当していたが、その授業の一環として私の地名研究は始められた。その意味で、私の地名研究は千葉大学が生みの親である。

そして、今や「地名ツアー」と言えば私のトレードマークのようになっているが、地名ツアーの最初は、千葉大学教育学部の学生を対象に始めたものであった。今から40年も前の話である。当時学生として参加してきたのが、この3人である。

先生との千葉大での出会い、時を経ての再会、大人の地名ツアーへの参加、ふりかえるとすべて、何かにみちびかれるようにして、先生と私たちを結ぶ運命の糸はつながっていたのだなと思います。先生がご病気になられてもその糸は切れずに、より一層、太く強くなっていくような気がします。いつまでも私たちの先生でいて下さい。

（池田典代さん）

これからは御自宅で自伝の『ALSを生きる』の執筆が始まりますね。先生にはまだまだ「なすべき事」が待ちかまえていて、周りが先生を放っておかないんですね。出版楽しみにしています。

（小西玲子さん）

最初にご病気のことを知った時は非常に驚きましたが、通信を読ませていただいて感じたのが「ご病気になってもやはり谷川先生は私達の元気の源であり、勇気を与えていただいている存在だ」ということでした。自分の人生にも〝まさか〟が色々訪れて、正直精神がまいっていましたが、先生の通信を読んで自分の小ささを感じました。奥様とのやりとりのお話、涙が溢れてたまりませんでした。

谷川先生、尊敬しています。

（末次真弓さん）

彼女らとうん十年ぶりに再会したのは、例のカレーライス事件が起こる数日前のことであった。彼女らは在学時代からの仲良しで、専門は国語科であった。私が担当した授業は社会科に関するものだったので、不思議に思われるかもしれないが、小学校課程の学生は国語、社会、算数、理科などすべての教科の概説を受講しなければならないというカリキュラムになっていたのである。だから、小学校の教員になるには私の授業の単位を取らなければならなかった。

百数十名対象の講義を受けただけで、このような人間関係ができたことはとても嬉しいことだ。

3 「まさか」

次に紹介するのは、近代史の専門で社会科教育、とりわけ歴史教育分野では私と研究分野をシェアしている伊藤純郎《じゅんろう》筑波大学教授からのものである。筑波大学の教え子から情報が回ったというのである。

人生には、「上り坂」と「下り坂」、そして「まさか」があると言われますが、ずっと夢に向かって「上り坂」を歩んで来られ、「下り坂」には縁のない先生に、病魔という「まさか」があったことに驚いています。「それでも生きる！」「でき過ぎの人生だった」「悔いはありません」といった言葉は先生には似合いません。

伊藤純郎氏は大学教員の中でも最も信頼できる人の一人である。何かと教えをいただいている関係でもある。ここに書かれた「まさか」というひとことは、私が通信に紹介して以来、あちこちで使われるようになった。

ご指摘のように、私の人生は多少のつまずきはあったものの、おおむね「上り坂」の人生だった。いや、上り過ぎの人生だったのかもしれない。それを「でき過ぎの人生」と称したのだが、そんな言葉は私には似合わないと言われる。それは、「下り坂」に落ち込んでいる私の状態を認めたくないという思いからの言葉と受けとめていいだろう。

同じ大学人からも、病気で落ち込んでいる私を見たくないという趣旨のメールをいただいたこともある。せっかちにいつもあたふたと走り回っているのが私のイメージらしいのだ。

私の人生の落とし穴は、この「まさか」にあったのかもしれない。実際、生きてくる中で「まさか」に落ち込むなど考えたこともなかった。努力すればするだけ、成果も上がると思い込んでいた。そこに私の人生の薄っぺらさがあったのかもしれない。

4　三足の草鞋

私の病気の噂は会員だけに留まらず、いつのまにかあちこちに広がっていった。紹介するのは元東京都立大学総長という肩書を持つ荻上紘一先生である。荻上先生は私と同じ長野県松本市生まれ。同じ松本深志高校から東大に進み、全国的に数学者として知られるが、大妻女子大学学長、大学評価・学位授与機構特任教授としても活躍された。

荻上先生を紹介いただいたのは、東京教育大学教育学科の先輩で後に筑波大学附属図書館長を務めた山内芳文《よしふみ》先生だった。山内先生は外国教育史の専門で、第3幕で述べる梅根悟先生（初代和光大学学長）のお弟子さんである。

「あんたと同じ松本深志の先輩ですごい人がいるから紹介するよ」

そう言って、山内先生は荻上先生に私を紹介してくれた。当時私は筑波大学理事・副学長として大学評価機構の大学評価委員も兼務していた。だからお会いするのは不自然な話ではなかった。

会う前はバリバリの数学者かと思ったが、文系の学問にも精通しており、さすが都立大の総長をやられた方だと痛く感心した。

大僧正猊下《げいか》
大変な難病と闘っていらっしゃる由、風の便りにお聞きしました。猊下は教育学者、管理職、地名学者と三足の草鞋《わらじ》で、それぞれに大きな業績を上げられましたが、その分神経を使い過ぎた結果ではないかと案じています。御仏から「働き過ぎ」の警告を受けたとお考え頂き、十分に休養をおとりになり、その間に以前にも増して強靭な神経繊維が再生されることを期待します。
猊下の『ALS克復記』が出版される日が1日も早いことをお祈り申し上げます。
荻上紘一

荻上先生は同郷の松本市出身なので、私が徳運寺という寺の生まれだということをご存じで、あえていつも「大僧正猊下」と書いてくる。「猊下」とは一般に馴染みがない言葉だが、高僧に対する敬語である。私はお返しにいつも「上様《うえ》」と書いている。

ここで先生は私の経歴を「教育学者」「管理職」「地名学者」の三つにまとめているが、これには少し注目した。自分では、管理職の仕事は「教育」の仕事に含めていたので、あくまで二足の草鞋としか考えてこなかった。しかし、確かに管理職の仕事も独自の領域であると言ってもいいだろう。

また、注目すべきは、すでにここに『ALS克復記』と記されていることである。「克復」はできないにしても、「生きる範囲」で病気とどう闘うかは書くことができる。その思いで今このように病室で執筆を進めている。

5　矢口高雄先生から

私にとって『釣りキチ三平』で知られる矢口高雄先生は恩人のような存在である。私が教育学者から地名作家への道を歩んだ背景には、矢口先生との出会いに始まる多くのマンガ家さんたちとの交流があったからである。この点については、第3幕で詳しく述べることにする。

病気を告白した最初の通信の返事で、矢口先生からこんなメッセージが届いた。

T2倶楽部を読み、腰がくずれました。この返事どう書こうかと迷い、3枚もハガキを無駄にしました。何かもっと力付けるフレーズを書こうとする余り、逆効果になりはしないか。そんな繰り返しですっかり返事が遅れてしまいました。いつかお会いできる日を信じています。

２０１９．７．７

先生からいただく葉書は四季折々の三平君を描いた絵とそれに添えた文章で構成されている。一枚〳〵が家宝である。矢口先生はマンガ家であるとともに「マンガ界の田園詩人」とも呼ばれるように、画家であり詩人でもありエッセイストでもある。だから、言葉一つ一つに重みがある。

「腰がくずれました」……何となくわかる気がする。マンガ家デビューする前は銀行マンだったせいか、律儀でいい加減なところがない。言葉を選ぶあまり、葉書を3枚も無駄にしたというのだが、その姿勢には感謝の言葉しかない。

最後の「いつかお会いできる日を信じています」……これには涙を呑む思いだった。もうすでに出会ってからほぼ30年、私の人生を導きさらに大きく豊かにしていただいた矢口高雄先生にもう会えないのか、と思うと胸は張り裂けるような思いがした。あの自由が丘にある先生行きつけの寿司屋さんで飲み語ることはできないのか……。

しかし、人生そう捨てたことばかりではないということがわかった。私は通信の42号(8月15日発行)でこんなことを書いた。

食事の方も、点滴で注入する栄養だけでなく、きざみ食や一口大食などもできるようになりました。こうなると、大概の食事を食べることができるということです。今食べてみたいのはカレーライス、餃子、ラーメン、そばなどですね。

それに、ぜひ実現したいのは、屋上でのバーベキューです。私自身は自宅から離れるのは難しいので、自宅にお出でいただき、楽しいひと時を過ごすなんていうのが、私の夢です。ただし、妻への負担を考えて、皆さんが持ち寄って共同で開催できたら嬉しいです。

ということで、苦しいなりに希望も見えてきているということです。やはり諦めないということが大切です。


この通信を送ったら、早速矢口先生からの返事が届いた。そこには「屋上でのバーベキュー楽しみに待っています」と書かれていた。来てくださるということか！　先生には数年前の自宅改築に当たって三平君の額をいただき、ギャラリーに飾ってある。

こんなことを考えついたきっかけも、やはり矢口先生にあった。先生は昔、夏になると東京・自由が丘の豪邸にマンガ界の仲間・編集者・知人を招いて「鮎祭り」なる会を催していた。数十人に及ぶマンガ家さんや編集者などが集う楽しい会であった。先生自ら釣ったという鮎も出て、大いに盛り上がった。私のバーベキューの会はその鮎祭りの真似事である。

女性マンガ家のみならず、今や日本マンガ界のリーダーとも言えるのが里中満智子さんだが、彼女に出会ったのもこの鮎祭りであった。年月日は忘れたが、７月下旬の暑い日だったことは強烈に覚えている。

当時私はＮＨＫの学校放送にも関係していて、夏休みの自由研究に関する子ども相談室のようなことを教育テレビでやっていた。生番組で翌日スタジオでご一緒することになっていたので、その旨あいさつしたことを覚えている。

その里中さんからは病気に関して次のようなメッセージをいただいた。


病気になると、つい「何でこんな病気になってしまったのか？」と、あれこれ考えてしまい、原因を突き止めたくなってしまいます。でも、ほとんどの病気は「運」だと思います。

先生はフル稼働で働いてこられたからこそ、結果を積み上げてこられました。何よりも「学問を楽しむ喜び」を、多くの人に届けられました。意味のあるフル稼働です。「気力」で「粘った者勝ち」を目指してください。

そうか、病気は「運」なのか……。私もそう思う。「運命」には逆らえない。受け入れるしかないのである。

「粘った者勝ち」とは、粘って生きていると、医学の進歩が追いついてきてくれるかもしれないということを示唆している。「学問を楽しむ喜び」を届けられたかどうかについては自信がないが、マンガ家の皆さんと同じ目線で日本文化を考えることができたことは幸せであった。

6　宮崎美子さんから

次に女優の宮崎美子さんからのメッセージを紹介しよう。宮崎さんとは2018（平成30）年12月に放送されたNHKの「日本人のおなまえっ！」の縁で知り合い、それからのおつきあいである。東京の町名の由来をたどるガイド役を頼まれ、10月の下旬にロケが行われた。場所は「青山」に始まって「新宿」そして「八重洲」であった。このロケが好評だったゆえに、東京下町のロケが敢行されたというくだりはすでに述べた。

青山、新宿、八重洲のロケの間に、参考になればと思って、何か地名の本を差し上げ（書名は忘れた）、実はT2倶楽部という会があるのだが、通信を送っていいかと付き人に伝言しただけである。

しばらくしたら、宮崎さんご本人から葉書が届いた。ぜひ送ってくれとのことだった。それから通信を送っているだけの話である。宮崎さんが私に何を感じたのかはわからない。私が彼女に抱いている印象は、頭がいいだけでなく、どんな人にも分け隔てなく接することができる人、というイメージである。その点では私と相通じるものがあるのかもしれない。

とりあえず、宮崎さんのメッセージを紹介する。

谷川さま

通信を読んで、驚いています……心配ですが、私には病のことはよくわかりませんので、青山や東京駅に行くたびに心の中で〝谷川さんがんばれー〟と応援することにします。

そして通信はこれからも楽しみにしています。きっと長いおつきあいになりますね。今後ともどうぞよろしくお願いします。

宮崎美子

これを読んで、本当にすごい人だな、と強く思った。毎日のようにテレビ等で活躍している多忙さの中で、こんな葉書を送ってくれるとはどんな人間性なのだろう。自分自身を強く反省せざるを得なかった。

7　お地蔵さん

最後に静岡県焼津市に住む中学校時代の同級生から届いたメールを紹介する。少し長いが、あえてここに主な部分を紹介させていただく。

散歩ルートの川の堤防道には、三カ所にお地蔵さんがあります。下流から一カ所目は一体でかなり古く、顔の判別が出来ない古いものです。二カ所目は二体で、顔の判別ができて比較的新しく、三カ所目は四体で顔の判別はできますが、年代にはばらつきがあります。

私はなぜ設置場所とお地蔵さんの数にばらつきがあるのだろう？　と不思議に思い、散歩で知り合いになった土地の老人（自分も老人ですが）に聞いたところ……ここまでくれば谷川君は想像できたと思いますが、そのとおり過去に堤防が決壊したところで、お地蔵さんの数だけ決壊したそうです。

お地蔵さんの古さは決壊の年毎に設置されたためでした。

私はその訳を知り、散歩の都度手を合わせるようにしてきました。

そんなことがあったので、お地蔵さんを設置した意味とは違うが、もしかしたら谷川君の病の進行を遅らせるようにと思い、7月初めから散歩の都度お願いしています。科学的根拠がないと、世間の人は言うと思いますが、そんな馬鹿な、と笑う人もいるかもしれません。しかし、病と向かい合い闘う谷川君にせめて私にできる気持ちです。

信心も鰯の頭からです。


（矢崎直典《やさきただのり》君）


このメールを読んだ途端、涙が溢れてきた。直典君と同じ川の堤防を歩いている錯覚に陥り、ふと我に戻って彼が一人お地蔵さんに手を合わせている姿を想像しただけで、涙をとめることはできなかった。

矢崎君は私の地名本の愛読者で、東京に出た時は八重洲ブックセンターや丸善でいつも私の新刊本を買い求めてくれる友人でもあり、そんな縁で年に一度くらいは同じ仲間の小沢清志君らと飲んでいた。が、それも私の病で途絶えてしまっていた。

このメールをいただいて1か月ほど後に、台風19号が東日本を襲った。堤防決壊等によって多くの尊い命が奪われたことを考えると、ますます直典君のメッセージの重さを感ぜずにはいられない。

（2）「それでも生きる！」

1　病気の原因

「嬉し涙」のくだりで述べたように、私に残されたのはやはり「それでも生きる！」しかないと考えている。死ぬことは簡単かもしれない。しかし、医学のミスで死ぬことも自ら命を絶つことも許されていない。今ある条件の中で生きていくことしかないのではないか……そう思う以外に私の選択肢はなかった。残された家族に迷惑をかけることだけは避けたいが、できることはできる、できないことはできない……ただそれだけのことである。

そもそも、ＡＬＳという病気の原因がわかっていないらしい。原因がわからない以上治療方法も見つかっていないとのこと。これでは勝負にならない。

そこで、私はなぜ自分がこの病気にかかったのかを勝手に考えてみた。例のカレーライス事件の直後まず考えたのは、2018（平成30）年の正月からの超ハードワークであった。その前年の暮れから執筆を進めていた『「六本木」には木が6本あったのか？』（朝日新書）の追い込みであった。もともと2018年の4月に刊行する予定の本だったが、編集者からの依頼で3月発行にしてもらえないかという話があった。

とても無理だとは思ったものの、これまでも何冊かお世話になった編集者の依頼ということで受けてしまったのである。この辺がまったくもってのバカと言っていい。とにかく正月も返上で、食事と寝る時間以外はすべて取材と執筆に費やした。古希を超えた老人がやることではなかった。自分の体力への過信であった。

自分の好きなことをやっているから大丈夫などと思い込み、精神的にはまだ50代のような感覚で仕事をしていた。これは大きな勘違いだった。

そんな勘違いはもっと以前からあったと言ってよかった。私の地名に関する一連の著作は2002（平成14）年に刊行した『地名の魅力』（白水社）あたりから始まるのだが、ちょうどその時期は筑波大学で管理職に就いた時期と重なる。管理職に就くとテレビ出演はおろか講演に行くこともできない窮屈さで、ウィークデイは毎日出勤が義務づけられる。

地名本を出すためには現地へ取材に行かなければならない。そのためには休日を使うしかない。一番活用したのは年末年始の休みとお盆休み、それに5月の連休だった。管理職の仕事は自宅に持ち帰ることはないので、職場を出たらフリーになれる。

私にとっては、金曜日の夕方から日曜日の夜までが自分が自由に行動できる楽しい時間帯であった。よく世間では休日にゴルフに行くというが、私にとっては地名の取材は世間でいうゴルフに行くようなものだった。

そして、今考えると無茶だったと思うのだが、執筆は深夜行うことが多かった。当時のスケジュールでは夜9時ごろ帰ってきて11時ごろ就寝、深夜2時ごろ目が覚め、それから4時ごろまで執筆、それから仮眠をとって朝7時半には出勤というのが日課だった。こんな日課がそう長く続いたわけではないが、超ハードであったことは否めない。

2013（平成25）年度から2015（平成27）年度まで私は東京の北区にある東京成徳大学の特任教授に任用された。教職課程で「社会科教育」の授業を担当するだけの恵まれた条件であった。若い学生に接するだけで心は和んだが、それと同時に大学に通うだけで生活にリズムが生まれ、そう無茶な生活を送ることは避けることができた。

ところが問題はその成徳大学を70歳で退職した後であった。そのころ抱えていたのは、私の長年のシリーズとなっていた「地名の由来を歩く」の千葉版と埼玉版であった。勤務がなくなり、完全にフリーとなったために、昼夜問わず取材と執筆に追われた。

その間、谷川健一先生が逝去されたことに伴い日本地名研究所の所長を務めることになり、心労が重なった。『千葉 地名の由来を歩く』と『埼玉 地名の由来を歩く』（いずれもベスト新書）はそれまでのシリーズ本に比べても力作で、それに『「六本木」には木が6本あったのか？』（朝日新書）のプレッシャーが重なったのが病気の原因ではなかったかと考えてみた。だがどう考えても、私がALSなどという難病にかかる原因はつかめなかった

2 「我が人生に悔いなし！」

ALSを宣告された日、私が妻に「我が人生に悔いなし！」と筆談したことはすでに述べた。この言葉には、それまでの73年間精いっぱい生きてきたという実感が込められている。これ以上やれと言われても、それはできない、という真情の吐露でもあった。

若いころ描いた退職時の自分を100とすると、実際の姿は200か300であると述べた。それだけ私の人生は末広がり風に展開されてきたということだ。200か300というのはいささかオーバーな話だが、実際そんな印象を持っている。

具体的に言えば、教育学者と作家の二足の草鞋に何とかこぎつけたという実感があったということである。第３幕で語るように、私の人生は職業としては大学教授であるが、実際の研究内容や人的交流は文学に極めて近いものであった。

ウィキペディアによれば、私は「日本の教育学者、筑波大学名誉教授、ノンフィクション作家」ということになっている。教育学者であることは言うまでもないことだが、「ノンフィクション作家」であるかどうかは自分自身でもまだ確たる自信はない。

しかし、ウィキペディアには、「長野県出身の人物一覧」として「作家」のジャンルにいつの間にか私の名前が載っていた。関連して見ると、母校の松本深志高校の卒業生としても、学者ではなく「作家」としてノミネートされていた。他方、松本市の出身者としては「教育学者」として「学界・教育界」の位置づけであった。

私にとって地名の本は研究というよりも、文学の世界つまり「物書き」の世界の話なのである。若いころ、文学に憧れてはみたものの、その道で食っていく自信などあるはずもなく、教育界に身を投じてきた人間である。その文学の世界で少しでも認められれば嬉しいに決まっている。だから、「我が人生に悔いなし！」なのである。

3　妻への貢献

　私たち夫婦にとって、病名の宣告は画期的な出来事だった。原因不明のためどちらかと言えば意見が対立しがちだった私たちにとって、ようやく共通の敵が姿を見せたのである。医師から宣告を受けた後のくだりはすでに書いた通りだが、その後病室に残って自分の人生を振り返ってみた。

　翌日、妻が病院に来た時、

「あの後、家に帰って何を考えた？」

と訊いてみた。すると彼女は「大学院に行ったこと……」と答えた。それだけだったが、何となく理解できた。

　私自身は生涯勝手放題にさまざまな活動を展開してきたが、その背景には常に妻の援助があった。組織をつくるのが得意だった私はさまざまな会を立ち上げ、運営してきたが、その事務局はいつも妻が担ってくれた。だから、「嬉し涙」は「感謝の涙」でもあったのである。

　しかし、私が常に妻からの支援を受けていただけで、彼女に対して何もしてあげられなかったわけではない。ただ一つ、私が彼女にしてあげられたことがある。それは大学院への進学を勧めたことである。

私たちの世代の夫婦といえば、共稼ぎは珍しく、女性のほとんどが家庭の主婦に収まっている。男が外で働き女は子どもを育てて家を守る、という観念が普通の時代であった。したがって、子育てが終わると女性はやることがなくなり、その能力を持てあますことになる。朝日カルチャーセンターあたりに行っても、学習意欲が満たされることはない。

そこで私は妻に大学院の修士課程へ進学してみないかと勧めてみた。長男が大学に入学し、手が離れたタイミングで2年間勉強してみたらどうかという提案だった。そのころまで私は年2回ほど学会発表等でアメリカに通っており、アメリカでは女性でも2年間の修士くらいは取得するのが普通であることを目の当たりにしていたことが大きかった。

妻は日本女子大学家政学部の児童学科を卒業していたが、大学院での研究の経験はなかった。戸惑う彼女にやや強引に大学院進学を勧めたのだが、結果的にはこれが成功した。彼女の関心は学部時代からずっと障害児教育にあり、その関心を満たしてくれるには筑波大学の大学院教育研究科しかないと判断した。

教育研究科は東京・大塚の夜間大学院まで入れると教員数百数十名に及ぶ大きな組織

だったが、つくば地区では「教科教育専攻」と「障害児教育専攻」の二つに分かれていた。妻はその障害児教育専攻を受験したのである。

私自身は「教科教育専攻」の中の「社会科教育コース」の教員を兼務していた。専攻が違うとはいえ、同じ教育研究科を妻が受験するというのは、当然のことながら巷の話題になった。しかも社会人選抜ではなく、一般入試、つまり二十歳過ぎの学生たちと同じ試験を受けるのである。もちろん英語もある。妻は長男が使った大学受験用の英語参考書を糧に大学院受験に挑んだ。

結果は何とか合格をいただき、小林重雄教授のもとでの学生生活が始まった。小林先生はいわゆる行動療法を専門にして、主に自閉症の子どもたちをセッションで扱っていた。妻はこの2年間が本当に貴重だったと言っている。学生たちは妻のことを「ママ」と呼び、私は直接関係なかったが「パパ」と呼ばれていたらしい。この2年間の経験が彼女の人生を変えた。

そして、1996（平成8）年3月25日、筑波大学の卒業式・学位授与式が挙行されたが、その日私は博士（教育学）の学位を、妻は修士（教育学）の学位を正式に授与された。私たちにとってはまたとない最良の日となった。

修士の学位を取得したということで、その後妻は各種専門学校の非常勤講師を務めることになり、それは現在でも継続している。また千葉県の発達障害者支援センターの相談員の仕事なども続けている。

私が妻にやってあげられたのは、この大学院進学を勧めたことくらいだが、この英断によって彼女の人生が大きく変わったことは事実で、そのことを思い出したということだろう。それ以上のことはあえて訊かなかった。

4 「人間としてやってるかーー!?」

つい最近妻から聞いた話である。小さいころから私の家に遊びや勉強に来ていたある女性が、

「おじちゃんは、人に対してバリアフリーだね」

と言ったというのである。私は自分が人に対してバリアフリーであるなどとは考えたこともなかった。どういう意味で彼女が言ったのかと訊くと、「おじちゃんは社会的には偉い人なのに、家に帰ると誰に対しても偉ぶったところがない」と言ったというのだ。彼女が幼かった時期、私の家には公民館のように近所の中高生がたむろしていたので、その子たちに対してバリアフリーだったというのである。

当時、私は筑波大学に勤務しており、単身赴任を余儀なくされていたので、自宅に帰るのは週2、3日程度でしかなかったが、自宅に帰ってその子たちに口癖のようにかけたのは、

「人間としてやってるかーー⁉」

であった。深い意味などありはしない。それ以上のことは何も言わない。すると、子どもたちは、

「人間としてやってるよーー！」

と答えてくる。これが私と彼らとの間に交わされた挨拶だった。これはよくよく考えてみると、教育的に意味があった。あれこれ細かいことを言われれば「ウザイ」と思ってしまう年頃の子どもたちである。そんな彼らに、「人間としてやってるかーー⁉」と声をかけ、「人間としてやってるよーー！」と答える。そのことによって、「人間としてやる」とはどういうことか、考えるかもしれないのである。

さて、このような人間観を持った私が、どのように入院中にお世話になった方々に接することができたかである。

まさか、毎日お世話になっている看護師に「人間としてやってるかーー⁉」などと言うわけにはいかない。むしろ、「人間としてやってるかーー⁉」と問われるのは患者自

身である。しかし、患者として看護師や医師とどのようにコミュニケーションをとるかは大切なことである。

たくさんいる看護師とコミュニケーションをとるのに、私は強い武器を持っていた。それは看護師の名字に注目し、出身地やそのルーツを尋ねるという手であった。例えば「小笠原」さんなら長野県もしくは山梨県がルーツだというような話をしてあげると、それ以降の対応が変わってくることがある。やはり誰でも自分のルーツには無関心ではないということである。日本人の多くの名字は地名に由来している。

中には、病室に置いてある地名の本を読みたいといって借りていく看護師もいた。少し気持ちが通じてくると、患者としても多少心やすく物事を頼める人間関係ができてくる。

言うまでもないことだが、病院内では患者は絶対的弱者である。私のように人工呼吸器を付けている患者は、ベッドから車椅子に移乗するだけでも自分一人で動くのは許されない。すべて看護師や介助者の援助がなくては私の生活は成り立っていないのだ。

そこで考えたのは、一人ひとりの看護師や介助者への異なった感謝の気持ちを表すことである。

私が地名の本を書いていることを知ったある看護師は、自分は看護師になる前には文系のこのような分野の勉強をしたかったと言って、『千葉 地名の由来を歩く』を読みたいと借りていった。

その看護師が夏になって少しやつれているのに気づいて、「大丈夫?」などと声をかけていたら、彼女は「患者さんが看護師のことを気づかうなんておかしい」と笑顔で答えてくれた。私は「おれは看護師か?」と笑いながら筆談で答えた。

こういう人間関係が出来上がると、患者としてはとても気持ちが軽くなる。なんだかんだ言っても、しょせん患者は看護師の日常的なケアを受けなければ生きていけない存在である。その意味で、患者は絶対的弱者なのである。だから、患者としては気楽にケアを頼める人間関係ができるのが一番の強みとなる。

ある男性介助者には毎日のようにお世話になっている。その彼がある日顔を見せた時、髪を短く切ったのを見かけ、「髪切った?」と声をかけた。声は出せないので実際は「筆談」した。すると、彼は「短く切っちゃいましたよ」と笑いながら頭をかいた。これでいいのである。

先に述べた「人間としてやってるかーー!?」は自分自身への問いである。社会的身分や立場は関係なく、「人間として」やっているかどうかこそが問題である。よく入院先では、学校の先生と坊さんと警察官が一番扱いにくいと言われることがある。職業上常に人の上に立って物を言う立場にあるので、患者になった際、看護師の言うことを聞かないからだとも言われる。

　そんなことを言えば、私は学校の先生であったし、お寺の生まれでもあり、最もたちが悪いケースになる。しかし、そんな心配は無用であった。相当な事態に対しても忍耐強く「人間」としてふるまうことができた。

　もちろん、病院内の生活にはさまざまな不自由さがある。私のように人工呼吸器を付けているだけで行動が制限されていると、いろいろな場面で不平不満がたまってくる。しかし、自分でも不思議なくらい、辛抱強く耐えることができた。天邪鬼で気が短い自分が成長したとは素直な感想である。

5　医師との交流

　ＮＨＫの人気番組に「鶴瓶の家族に乾杯」という番組がある。鶴瓶さんが行き当たりばったりに出会った人に語りかけ、その家族の歩みなどを紹介する番組だが、鶴瓶さんの見知らぬ人にアプローチする様には目を見張るものがある。番組である以上、多少の裏はあって当然だが、それにしても鶴瓶さんにはまるで見知らぬ人へのバリアはなさそうなのだ。それはおそらく天性のものだろうと私は考えている。

比較にはならないが、私にも鶴瓶さんの10分の1程度の能力はあるかもしれないと思っている。妻からは以前から「出会いの達人」と言われており、初めてお会いした人でもこれぞと思う人とはすぐ親しくなってしまう。

千葉大附属病院に担ぎ込まれてからお世話になった医師・先生は皆優しく丁寧で素晴らしい方ばかりだった。千葉大から千葉東病院に移って担当医の武田貴裕先生に最初にお会いしたのは２０１９（令和元）年６月10日だった。

千葉大からの申し送りの情報から、先生は私が大学教授であったことをご存じであったのだろう。

「専門は何ですか？」

と訊かれた。私は戸惑いながらも「教育、地名」と筆談した。すると、先生は、

「えっ!?　あの千葉の地名の本を書いた……」

とびっくりされていた。しかも、「更科日記から始まる……」と中身までご存じの様子だった。書名は『千葉 地名の由来を歩く』（ベスト新書）、刊行は２０１６（平成28）年10月であった。確かに冒頭は千葉県市原市の歴史を「更科日記」から説き明かしている。先生は購入して読まれていたのだ。

この本は刊行直後から2、3か月は千葉県下ではベストセラーになっていたから、あり得る話ではある。

さらにもう一つ、別の先生との交流が生まれた。入院中に歯の治療が必要になった。千葉東病院は特別大きな病院ではないが、歴史ある国立病院機構であり総合病院である。私はかねてより歯周病を持っており、その治療を行う必要があった。早速歯の治療のために歯科を訪れることになった。

恐る恐る歯科に出向くと、柔らかな表情の先生が迎えてくれた。大塚義顕先生である。椅子に座ると先生はいきなり、

「柳田国男ですよね……」

とおっしゃった。唐突な言葉に私は戸惑った。私が柳田国男の研究者であることを知っている人は市民の中にはそう多くはない。

「何でそれを……？」

と訊き返すと、「ネットで調べました」と言われる。それがきっかけで、卒業した東京の大学などについてフランクに話すことができた。どうやら、大塚先生もバリアのない方らしい。

2度目か3度目に治療に伺った時、先生から1枚の紙を見せられた。そこには漢文が

書かれていたが、それは福岡市内にある大塚家累代の墓に刻まれているもので、どう読んでいいのかわからないので読んでほしいというのである。

私は地名の研究者なので漢文に接する機会は少なくはないが、しょせん素人である。漢文学者か歴史学者に読んでもらうのがいいと思ってお断りしたのだが、その後先生自ら関係資料を携えて私の病室に来られたので、素人なりに訳してお渡しした。

大塚家は江戸時代から「大塚養察」を襲名して代々福岡の黒田藩の医業を継いでいたとのことで、大塚先生はその末裔に当たるという。墓石には「大塚累代之碑」と刻まれ、1853（嘉永6）年に建立されたものであった。

患者が歯科医の先生との間でこのようなやりとりができたこと自体不可思議ではあるが、これも何かの縁なのだなと思ってしまう。

（３）我が人生の「先へ！」

１　「運命」は受けとめる

私にとって、今回のＡＬＳという難病は最初にして最後の病気である。これまで蓄膿の簡単な手術で数日間入院したことはあるが、それを除けば病気らしい病気をしたことはない。

だから、例のカレーライス事件から体調を崩した時、いかに自分が医学や医療に関する知識がないかを痛感したことは本書の冒頭で述べた通りである。現在の医学では原因は解明されておらず、したがって治療法もないのだという。それだけ言われれば、患者としては腹をくくるしかない。じたばたしたってどうなるものでもない。「Ｔ２通信」の41号に病状を初めて告白した時、原友子《ゆうこ》さんが「こんな短期間に精神的安定を取り戻しているのには驚きを隠せません」と書いてきたが、確かに精神的には安定していた。それはそれまで不明だった病の原因が明らかになったことに起因するものだった。医師の診断を伺った後、若い医師が病室にやってきて、

「大丈夫ですか？」

と訊いたので、私は思わず笑顔で「なぜですか？」と逆に訊き返してしまった。若い医師からすれば、「難病を告げられて大丈夫ですか？」という意味で訊いたのだろう。しかし、その時私は笑顔が出るほど元気で応えたのである。

「運命」は「運命」として受けとめるしかない……。その与えられた運命の範囲内で生きていくしかない……私にはその思いしかなかった。もう73歳で人生の大半を消化しているからいいじゃないか、という思いもあった。自分が死んでも、幸いなことに自分の書いた本は残る。それでいいじゃないか、と。

それは一種の諦めだが、しかし、諦めることは即夢を失うことを意味するわけではない。諦めがあるからこそ、生きる勇気が湧いてくることだってあるのだ。

こういう割り切り方は普通ではなかなかできることではないことなのかもしれない。それは学者独特のものなのか、信州人独特のものなのか、あるいは私独自の天邪鬼的な性格によるものなのかはわからない。

実のところをいうと、この病気にまつわるほとんどのことがわからないのである。まるで善光寺の本堂地下にある真っ暗闇の回廊を彷徨《さまよ》っている感じなのだ。

２「考え方一つで世界は変わる」

入院生活はやがて半年になろうとしている。多くの方々に見舞いに来ていただいた。家族親族はもちろんだが、出版社関係者、それぞれの時期の友人たち、Ｔ２倶楽部の会員等々、さまざまだった。多くの皆さんが一様に語った感想は、私が予想していた以上に元気なこと。

ＡＬＳの難病患者だというと、誰もが寝たきりで椅子にも座れない重病人だと思ってやってくる人が多い。しかも人工呼吸器を付けているという……。立場を逆にしてみれば、私だってそう考えるに違いない。

ところが当の患者は終始笑顔で面会者を迎える。記憶力など頭脳の働きは依然とまったく変わりない。ついでに言っておくが、ＡＬＳという病気は頭脳にはまったく影響しないということである。だから、普通の会話が楽しめるのである。問題はただ一つ、人工呼吸器である。これがあるために通常は声を出すことができない。そのため、私が意思を伝えるには筆談するしかない。スピーチカニューレという呼吸器の器具を使用すると、自分でしゃべることが可能ではあるが、まだ実験的な段階に過ぎない。

後で述べるように、病室から発信して本を書いていることを話すと、多くの皆さんは、そんなことができるの、という顔で私を見る。しかし、私にできることはそれだけである。外に出て散歩ができるわけでもない。居酒屋に飲みに出かけることもできない。図書館に行ってものを調べることができるわけでもない。患者としてできることはテレビを見ることとくらいだが、BSが入ればまだいいとして、地上波だけだと退屈至極ということになる。これは病院生活の隠れた一面である。

そうなってくると、当然のことながら自分の仕事を持ち込むことになる。いろいろ考えても今の私にできることは本を書くことしかない。これも一種の「宿命」と言えるのかもしれない。

病気とは言っても、治療法があるわけではないので、定期的な検査以外には特別な治療が施されるわけではない。特別どこか痛いわけでもない。問題は気の持ちようなのである。ひょっとしたら、私にはそんな発想の切り替えの能力があったのかもしれないと思うようになった。それは筑波大学時代の教え子からもらった1枚の葉書からであった。先に述べた自宅でのバーベキューについて次のように書かれてあった。

また〝自宅持ち寄りＢＢＱ〟ステキな企画ですね。いつ、どこでも、どんな時でも谷川先生のあふれ出るアイデア……。考え方一つで世界は大きく変わるのだと気づかされます。何よりも「Ｔ２―ＮＥＴ」で発信される文章の内容が毎回パワーアップしており、谷川先生のメッセージからパワーを頂いています。（金田啓珠《ひろみ》さん）

現役の教員のころは、毎日追われていて教え子からのメッセージに耳を傾ける余裕がなかった。今にしてこの葉書を読むといろいろと考えさせられる、というよりも教えられる。それが真の師弟関係なのだろう。

「考え方一つで世界は大きく変わるのだ」という一文。私はこれまで、このように考え方一つで自分の世界を変えてきたのだろうか。そんな自覚はない。昔から思っていたのは、いわゆる天邪鬼で、人とは違う発想をするということ、人とは違うやり方をしたいということくらいだった。突っ走るだけで、自分のことなどまともに考えたこともなかった。

「負うた子に教えられて浅瀬を渡る」という諺がある。川を渡るのに、背負った子どもに教えられながら安全な浅瀬を渡るという意味である。金田さんの１枚の葉書からそんなことを教えられた。

3　発信し続けよう！

そんな私に最初の仕事が飛び込んできた。まだ病名もわからず病室で混沌として毎日を過ごしていた時期である。以前にも何冊か本を出させていただいた宝島社からであった。

『一生に一度は行きたい京都の寺社100選』というムックを出したいので監修をお願いしたいという依頼であった。入院中であることを告げてもなお、というので、お引き受けすることにした。京都は私の地名研究の原点というかスタートになったところなので、無下《むげ》に断ることもできなかったが、一方で「一生に一度は行きたい」というタイトルも気に入った。私はかつて『死ぬまでにいちどは行きたい六十六カ所』（洋泉社、新書y）という本を出したことがあるが、イメージはダブって見えた。

冒頭に、「京都に主な寺社が集まっている理由」というコラムを書くよう依頼された。この問いに答えるのは意外に難しい。多少苦心して書いたのが以下の文章である。

京都に特別な寺社が多いのは、１０００年の長きにわたって都であり続けたこと、言い換えれば権力の集中する場所にあったことによる。寺社のほとんどは時の権力者が開いたものである。

元々は神社と寺院ではそれぞれの成立過程は異なっている。神社は古来自然崇拝に始まっているが、渡来系《とらい》の賀茂氏《かも》を祀《まつ》った上賀茂神社《かみがも》・下鴨神社《しもがも》に象徴されるように、一族の氏神《うじがみ》を祀っているものが多い。それに対して寺院の場合は平安遷都《せんと》の際、官寺《かんじ》として東寺《とうじ》・西寺《さいじ》を置いたことに象徴されるように、仏教によって国や人々を救おうと考えて開基されたものが多い。（中略）

不思議なことは、この二つの異質な宗教が京都ではまったく矛盾することなく共存していることである。

ここには、長年京都に関わってきた私の解釈が詰め込まれている。特に最後の一文は私の素直な表現であると言うことができる。ということは、このムックは私の長年の地名研究の延長線上にあるということである。

２０１９（平成31）年の3月に、私が倒れるまで、実は『神奈川 地名の由来を歩く』（ベスト新書）の刊行を予定していた。「地名の由来を歩く」シリーズは「京都」に始まり、「東京・江戸」「奈良」「名古屋」「信州」「千葉」「埼玉」と7冊続き、その後はぜひ「神奈川」でという話になっていた。

しかし、私が病に倒れて入院という状況になってしまった以上、「神奈川」編は不可能になってしまった。このシリーズ本はいずれも現地取材に出向いて執筆してきたもので、その取材ができなければ書けないということになるからだ。

「神奈川」本が無理であるならばということで、『日本列島 地名の由来を歩く』という本を出すことになった。ソースは雑誌『BAN』（全国の警察官向けの月刊誌）に13年間も連載してきた「地名番外地」であった。そこに書いてきた記事をまとめようと考えたのである。これは何としても実現しなくてはならない。

そして、どうしても実現しなくてはと考えたのが本書である。本書執筆の直接のきっかけは、自分の人生を振り返りたいと考えたことにあるが、単なる評伝では面白くない。どうせ書くならALSに立ち向かう自分の生き方を書いてみたいと考えるようになった。

4 エンジン01・須藤さん

エンジン01の会員でコピーライターの岡田直也さんと写真家の眞下《ましも》伸友さんが見舞い

に来てくれたことがきっかけで、エンジン01文化戦略会議の事務局に私の病気の情報が流れることになった。

事務局を担当している須藤智美《さとみ》さんからのメールが届いた。その一部を紹介する。


眞下さんのお話では、ALSについての本をお書きになっているとのこと、それを聞いて、さすが「谷川先生！」とうれしくなりました。

ALSでありながら、様々な活動をしていらっしゃる方もいるようですし、れいわ新選組の舩後さんは、国会議員として活動を始められました。先生が自らの体験を書き記すことで、きっと同じ病気で悩む方々へのアドバイスや激励になるに違いありません。


私は、エンジン01の活動でしかご一緒しておりませんが、これまで、先生の「いいよ！」「やってみるよ！」「大丈夫だよ！」「困ってるんでしょ？」に、何度助けられたことでしょう。

先生の好奇心とバイタリティーとおおらかさとやさしさに、事務局として何度も窮地を救われ、励まされてきました。

そんな谷川先生ですから、今回のご病気に対しても、きっとポジティブに向きあっていらっしゃるのだと、想像しております。

須藤さんはエンジン01の活動に私が貢献してきたように書いているが、それはかなりオーバーである。とにかくエンジン01にはとてつもない有名人が居並び、私どものような大学人などは数も少なく小さくなっているというのが実態だからである。ただし、事務局の求めに応じて、高知大会の「海とおりょうとピストヲル」のミュージカルへの出演、浜松大会・延岡大会の駅伝大会参加、そして水戸大会のカラオケ大会での（おじさん）ＳＭＡＰの熱唱など、協力してきたことは事実である。

第3幕で述べるように、私には大学の中でも事務系職員に対する独特の接し方があった。一つの組織を動かすには事務系職員の能力を十全に伸ばすことが重要であることは、大学の管理運営に携わることで十分理解できていた。その視点でエンジン01の事務職員の働きを見ていると、彼女らの働きぶりはほとんどパーフェクトに見えた。須藤さんはその中心にいたので、その働きぶりをほめ、励ましていただけのことである。それだけのことで、このようなメッセージをいただけたことは嬉しい。ありがとう、須藤さん！

5 和田秀樹さんからのメッセージ

その須藤さんが、私の状況を幹事会と私に縁のあった会員諸氏にお知らせしたところ、思いがけず和田秀樹さんからメールをいただいた。和田さんは周知のように、精神科医としてばかりでなく、受験の神様でもあり、映画監督になりたいために東大医学部に進学したというマルチタイプの天才である。特に親しく話したこともなかったので、正直びっくりした。丁寧なメールだった。

とりあえず、その一部を紹介しよう。

和田秀樹です。
私もかつては神経内科医をしておりました（一応、専門医はもっています）ので
お苦しみ察するにあまりあります。
お元気な姿しか知らないので、とても悲しく思っておりますが、お手紙の内容を
拝見して、ぜひお伝えしたいと思ってメールしました。
病気のことを本になさるというのはぜひなさってほしいです。病気をして考えた
こともお書きになってほしいです。

私に何ができるかわかりませんが、応援できる限りさせていただきたく存じます。人間というのは病気にならないとわからないことがあると、医者をしながら考えることが多いです。

私も精神科医として多少成長できたのはアメリカで、患者として精神分析を受けたからだと思っております。

最近、長谷川式の認知症スケールをつくられた長谷川和夫先生が認知症になられて、認知症になってみてわかった世間の誤解を解きたいと講演をさらに積極的になさっている話を新聞記事などで読みました。

認知症になっても考えることや思うことは、かなり悪くなるまでできるのですが、それが知られていないので、長谷川先生にその誤解を解いてほしいと思いました。

実は、最近やはりALSという病気のことをみんなわかっていないというエピソードがありました。（中略）

Motor neuron disease の意味がよく知られていないようです。

ホーキング博士のような人がいるのに残念なことです。

ということで、谷川先生にもぜひALSになっても知能はインタクトで、こんなことを感じて生きておられる、どんなことが不自由でどんなことができるということとを示してもらえると本当に嬉しいです。

最近、ものの考え方が変わって、どんな人にも長所と欠点がある。たまたま長所が勉強ができたり、スポーツができたり、金もうけがうまいというものであれば成功者のように言われるだけで、そういう人にも欠点があるのに目立たない。

ところが身体障碍のように目立つ欠点だとそればかりがクローズアップされ、長所があっても身体障碍者の扱いを受ける。

パラリンピックだって長所を競っているのに、障碍者のスポーツとしかみなされない。

その不条理になんとか言えることがないかと思っていた矢先だったので、谷川先生の長所を存分に発揮した書き物を期待しております。

くれぐれもご自愛ください。

和田さんの思想は多種多様で私などには全体像を把握するのは困難だが、精神科医としてこのように書いていただければ素人の私でも少しは理解できる。

認知症になっても、かなり悪くなるまで「考える」ことや「思う」ことはできること。

そして、同様のことはALSの場合にも言えること。つまり、ALSになってしまうと何もできなくなってしまうと考えがちだが、そうではなく、ALSになっても知能は低下することなく機能していること……などを書いてほしいということらしい。

早速「motor neuron disease」をネットで調べてみた。日本語では「運動ニューロン病」と訳されており、「運動ニューロン（神経細胞）の変性を起こす病気のこと」とある。その代表的なものがALS（筋萎縮性側索硬化症）、PLS（原発性側索硬化症）、SMA（脊髄性筋萎縮症）などなのだという。

ホーキング博士のことを引き合いに出されているところを見ると、和田さんは、ALSと診断され病気が進行しても知的能力に関しては減退することはなく「インタクト」（損なわれておらず万全なこと）であると言いたいのである。そのことを私に書いてほしいと……。

その点に関してならば、自信を持って答えることができる。例のカレーライス事件で発症が確認されて2年近くにもなるが、記憶力・判断力など一点の曇りもない。文章力も落ちていない。病室に半年も閉じ込められていたことで足腰は弱くなってはいるが、知的能力に衰えや欠損はない。もしあったとしたら、本書を書くことは不可能だ。

それ以上に考えさせられたのは、「身体障碍のように目立つ欠点だとそればかりがクローズアップされ、長所があっても身体障碍者の扱いを受ける。パラリンピックだって長所を競っているのに、障碍者のスポーツとしかみなされない」という指摘だった。これは重く難しい。

現在、私は重度障害者に認定されているが、意外にも本人自身は自分を「障害者」と思っていないところがある。体は不自由だし、人工呼吸器を付けている関係で声を発することができない。それを考えれば「立派な」障害者だが、メインの仕事である原稿書きはできる。その点で「障害者」と言われることがピンとこないのである。

2019(令和元)年7月に行われた参議院選挙で重度障害者の木村英子《えいこ》氏とALS患者の舩後《ふなご》靖彦氏が当選した。画期的な出来事であった。舩後氏の病状がどの程度のものかはわからないが、一つひとつの政策には十全な判断を示していけるはずである。もちろん乗り越えるべきバリアは多くあるに違いないが、それら多くのバリアは健常者と称する国会議員側にあることを知るべきである。

和田さんから提起された問題にどれだけ応えられるか？　それはわからない。自信はない。しかし、このような状況に立たされた以上、立ち向かっていくしかない。これも私に与えられた「運命」なのだろう。

6　私のプロフィール

第1幕と第2幕は、発症してから今日までの経緯とそこで考えたことを綴ったものである。結論的には、ＡＬＳが何であれ、自分の命を全うしたいというのが私の思いであり、覚悟である。放送大学の面接授業（テレビを通しての授業ではなく、普通の教室での授業）を受講してＴ２倶楽部の会員になった小林公子さんから手紙が届いた。

先生のお便りに、残された時間はより良く死ぬためにあるのではなく、より良く生きる事にあるとあり、最後の瞬間まで、ひたすら前向きに努力しようと改めて決心いたしました。

彼女も身体的な病気や障害を抱えているようだが、私からの通信を読んでこのように考えたという。彼女との直接的な出会いは、1年前東京の地名ツアーを行った際、期日を間違えて1週間前に来てしまい、誰もいないがどうしたのか、という電話をもらったことである。こんな拍子抜けするような出会いから人間関係ができてくるのだから、人生は不思議でもあり楽しくもある。

身分や性別にかかわらず、どの人にも命の限りはある。だったら最後まで生きて自分の命を全うしたい。そう考えるのは自然である。おそらく、私はそのように生きてきた。「ひたすら前向きに」生きようとしてきたかどうかは疑問だが、少なくとも過去の失敗にめげず生きようとしてきたことは事実である。

そこで、第３幕においては、私の拙い生き方の軌跡をたどってみたいと思う。そう思う理由はいくつかある。

その一つは、私自身が自分の生き方、さらに言えば自分の生きてきた人生がこれでよかったのかと反省してみる必要があることだ。精いっぱいやってきたつもりではあるが、足りなかった部分、判断を誤った部分など反省すべき点もある。

とりわけ、どの時期にどんな人と出会い、そこから何を学んだかは私の人間形成に大きな影響を与えている。

第二は、私の人間性がどこから生まれているかを確かめることである。それは私が生まれ育った環境に大きく影響されている。それを理解していただかないと、現在難病を抱えて生きようとしている私の気持ちもわかってもらえない。

「まえがき」で私は「天邪鬼」に触れたが、そのような傾向は多分に存在する。それは次男坊に生まれて負けん気が強かったことと無関係ではない。ＡＬＳにそうやすやす負けてたまるかという抵抗感もそこから派生している。

そして、第三は私がなぜ「教育学者」と「地名作家」の二足の草鞋を履くようになったかを説明したいと考えたからである。この点については、親しくつきあってきた弟子たちにも語ったことはない。読んでいただければ、なぜ私が地名の世界に足を踏み込んだかは理解されよう。

ＡＬＳの患者として生きる「これからの人生」は、それまでの70年余りの人生の「先」でしかない。言い換えれば、これまでの70年余りの人生の延長線上に「これからの人生」はあるのである。それがいつまで続くかは誰にもわからない。それを見届けるためにも過去の人生を説くことが必要と考えた。

生涯経験した細かな出来事を詳細に語ることはやめて、エピソードを通じて私の人間観のようなものが滲むような記述を心がけた。難病に生きる一患者の思いの裏にあるものを理解していただければ嬉しい。

第3幕

夢を追いかけた日々

（1）どんな子どもに育ったか

1 「きかん坊」

私の性格が天邪鬼《あまのじゃく》っぽいものになったのは、ＤＮＡだけでなく生育環境によるものが大きいように思う。生まれたのは１９４５（昭和20）年８月26日、すでに戦争は終わっていた。日本中、何が何やらわからない大混乱に陥っていた時代である。

後で詳しく述べるように、私は信州松本の山寺の次男坊として生まれた。大きな茅葺《かやぶき》の本堂につながって庫裡があり、さらに庫裡から廊下伝いに「離れ」があった。私が物心ついたころには、その離れに松本裕順先生一家が住み着いていた。

松本先生は小学校の教員をしていて、たまたま私たちの村の入山辺《いりやまべ》小学校に赴任することになって寺の離れに住むことになったらしい。娘さんが３人いて、私たちとはまるで兄弟同様に育った仲であった。敗戦直後の日本ではこのようなことは珍しくなかった。奥さんも親切な方で、私たち兄弟のことをよく面倒みてくれた。私たちは「おばちゃん」と呼んでいた。その「おばちゃん」にまつわる話である。

もう10年近くも前のことだが、実家の寺に帰った時、久し振りにその「おばちゃん」に会った。当然のことながら、昔話に花が咲くことに……。

今は「あきちゃん」は大学教授として立派になっているけど、小さいころは「きかん坊」だったねえ、と昔の回想話をしてくれた。

私の幼少期はとても手が焼ける子どもであったらしい。次男坊ということもあって自由奔放に行動し、しかもこれと決めたら大人《ひと》のいうことを聞かないいわば「きかん坊」であったというのだ。

ある時、何か悪さをして、懲らしめのために、母が母屋《おもや》の隣にある味噌部屋（味噌蔵）に私を閉じ込めたという。当時信州ではどの家でも自家製の味噌を作っており、我が家にも大きな土蔵作りの味噌蔵があった。我が家では味噌部屋と呼んでいた。一度入れられたら出られないお仕置き部屋でもあった。

この時のお仕置きは厳しく、監禁の時間も長かったらしい。次第に心配になってきたおばちゃんは、

「あきちゃん、おばちゃんが謝ってあげるから、お母さんにごめんなさいして出してもらおうか」

と外から声をかけたという。すると、あきちゃんは、

「おれは母ちゃんに言われているので、母ちゃんがいいと言うまで出ない。窓から空も見えるから平気だい」

と言ったそうである。それを聞いておばちゃんは「あきちゃんは、意思の強いきかん坊だと思ったよ」としみじみ語ってくれた。今はもうその「母ちゃん」も「おばちゃん」もこの世にはいない。

私自身は、この話をほとんど覚えていない。そう言われれば、そんなこともあったかなあと思う程度である。

味噌部屋に閉じ込められたこんな話から始めたのは、あの味噌部屋は入院している病院のようにも見えるからだ。病院に担ぎこまれてすでに半年が経過した。その間、一度も建物の外に出たことがない。まるで、病院というところは私にとっては味噌部屋のような存在なのかもしれない。

いったん、こうと決めたらそう簡単に動かない。そんな頑固さが私にはあったようだ。負けず嫌いだったことは確かである。兄とは1歳違いの年子で幼いころから兄弟喧嘩

ばかりであった。近所の人が心配するほどの取っ組み合いだった。それはよく覚えている。

また、理由は忘れたが、何らかのことで不満だった私は近所の青年に向かって、泣きじゃくりながら体ごとぶつかっていった記憶が鮮明にある。体力的にはかなうはずもないのに、それでも体ごとぶつかっていったという激しさは確かに持っていたように思う。

2　信州の山寺に生まれる

さて、私の生い立ちについて少し述べてみよう。１９４５（昭和20）年8月26日に生まれたことは先に述べたが、誕生地は長野県東筑摩《ひがしちくま》郡入山辺村であった。１９５４（昭和29）年松本市に合併され今日に至っている。

この村の歴史は遠く奈良時代にまでさかのぼり、正倉院に残されている木簡によれば、「山家」郷と書かれ、「也末無倍」と訓じている。これが東筑摩郡で確認されている最古の資料である。

松本駅に降り立って正面を見ると、一段と目立つ山が目に入る。これが美《うつくし》ヶ原《がはら》の一角を占める王ヶ鼻《おうがはな》である。この美ヶ原の麓に広がる一帯が旧入山辺村である。

この村のほぼ中央に「三反田」という集落があるが、そこに徳運寺《とくうんじ》という曹洞宗の寺がある。私はこの寺に生まれ、18歳までこの寺で育った。この体験が私の人間観を根底的につくったと言ってよかった。

この徳運寺は、鎌倉時代末期の1331（元弘元）年に、鎌倉時代の高僧として知られる雪村友梅《せっそんゆうばい》（1290〜1347）によって開基《かいき》された寺である。雪村友梅は越後白鳥に生まれ、鎌倉建長寺から比叡山を経て京都建仁寺に入門したが、18歳の時元に渡るもスパイの嫌疑をかけられ元に10年余り幽閉を余儀なくされた。

帰朝後、信濃諏訪大社の神官である金刺満貞に招かれて諏訪の慈雲寺の住職となるが、その時期に山家郷を治めていた神為頼に請われて「徳雲寺」（当時は「雲」を使用）を開山している。五山文学の中核をなす僧で、最後は京都建仁寺の住持を命ぜられた。

徳雲寺はもともと臨済宗の寺院だったが、その後紆余曲折を経て衰退し、1851（嘉永4）年焼失し、3年後の1854（安政元）年曹洞宗「徳運寺」として再建されて今日に至っている。

徳運寺は入山辺の集落のほとんどを檀家としていた。寺は基本的に公の施設なので、いつも村の人々が出入りしていた。寺の行事などがある時は、総代さんなど檀家の皆さんが集い、そういう村人の中で、私は「お寺の次男坊」として扱われてきた。

父は谷川徹禅（1904~1986）で住職、母は谷川松枝（1909~2006）、そして兄弟は長女の喜洋子を筆頭に佳世子、禅隆、私、妹の麗子の5人兄弟だった。兄とは小学校時代まで取っ組み合いの喧嘩ばかりだったが、中学生になってからはパッタリなくなったのだから、人間成長するものである。

父は富山県の出身で、いろいろな経緯を経て現在の徳運寺の住職に就いたのだが、戦後まもなくのころ、新しい事業を次々と立ち上げていった。その代表格が「東山厄除観音倒大祭」であった。毎年正月の15日から16日にかけて厄除けの縁日が開かれた。松本地方では牛伏寺《ごふくじ》という真言宗の古刹《こさつ》の縁日が江戸時代から有名だったが、それにちなんで新たに開かれたお祭りであった。

松本地方では正月の15日は特別な日で、小正月として正月に飾った門松などを焼いて1年を祈るという行事がある。世間的には「どんど焼き」と呼ばれるものだが、松本地方では「三九郎」と呼んでいる。

かってはこの観音倒大祭は1月15、16日と固定されていたが、現在は時代の流れから正月の第2日曜日とその翌日ということになっている。

その他に記憶にあるのは、檀家の集落を回って幻燈会を催したことである。まだテレビのない時代のこと、村の人々は集会所に集まって父の持参した幻燈を楽しんだ。昭和

幼少年期を過ごした徳運寺境内。

巨大な三九郎と徳運寺遠景。

20年代というのはそんな時代だったのである。

父には新しい事業を立ち上げる能力があったようで、そのDNAは私にも多少は引き継がれているようだ。

3 檀家さんへの感謝

人に対してバリアがないと言われて驚いたことを先に述べたが、仮にそうだとしたら、それは私の生い立ちに深くかかわっている。

それは、檀家の皆さんへの感謝の気持ちであった。今はどこまでやっているかは知らないが、昔は正月、盆、彼岸に合わせて棚経《たなぎょう》をあげるための檀家回りを行っていた。檀家一軒〳〵回ってお経をあげるという仕事である。

昔は暇だったのだなあと思うくらいだが、私は小学校に入る前くらいから父に連れられて檀家回りをしていた。正月などは信州の厳寒のもと、父の後を歩く様は、松本清張の『砂の器』で主人公が山陰の寒村を父親と巡礼姿で歩く様を思わせるものがあった。何となくドラマ性を感じる話である。

仏前でのお経が終わると、必ずお茶を出すのが松本の風習であった。お茶とは言っても、東京のようにお茶だけを出すというのではない。お茶に添えて必ず出されるのが漬物とお菓子である。冬だと各家庭ご自慢の野沢菜漬けが必ず出される。お茶を飲みながら「お菜」（信州では野沢菜のことをこう呼ぶ）の品評をするのが松本の習慣であった。お菓子は食べきれないほど出るので、家をおいとまする時にはこたつの上に余っている。すると、家のおばさんは、

「坊や、これ持ってき（いきなさい）」

と言って、私の服のポケットに詰め込んでくれるのである。その心づかいが子ども心に嬉しかった。当時はどの家も貧しかった。贅沢などできないという時代である。そんな中でお経をあげに来てくれたお寺の坊やにお菓子を持たせてくれるのである。

この体験によって私にはほとんど無条件に檀家の皆さんへの感謝の気持ちが培われたと言える。自分はこういう檀家の人たちによって支えられているんだという素直な感謝の気持ちであった。

当時はお施餓鬼などの行事の際には、お布施代わりにお米を持ってくることが多かった。母は本堂に上げられたお米を行事が終わると台所にある大きな米櫃に入れていた。いわば谷川家の私たちは檀家の人々が丹精込めて作ったお米をいただいて生きてきたのである。だから、食事の前には必ず合掌してありがたく感謝していただく習慣であった。

言い換えれば、私の身も心も檀家の皆さんのお陰で培われてきたということである。そう考えると、仮に自分がいくら偉くなったとしても、私を育ててくれた人々への恩を忘れることはできないということになる。

ＡＬＳにかかる前はよく小料理屋やスナックに通ったものだが、常連さんとはすぐ仲良しになる。相手の職業とか学歴とかは一切関係ない。楽しく飲むことができ、語り合えたらそれでいいではないか。よく店のオーナーやママさんから、

「先生は大学教授なのに、人に対して偉そうにしないですね」

と言われることがある。当たり前である。私は寺に生まれ、寺に育ったのである。多くの人々を救う立場にある仏門に育った人間としては当然のことだと今も考えている。

4 「公平さ」

人に対してバリアフリーであるということは、人をどんな意味でも差別しないということである。

半年にわたる入院生活の間に多くの方々に見舞いにきていただいた。家族や親戚関係者はもちろんだが、昔の同級生、Ｔ２倶楽部の会員、教え子や弟子、「連続セミナー

「授業を創る」という授業づくり団体の会員、エンジン01文化戦略会議会員等々、連日のように実に多様なジャンルの方々が顔を見せてくれた。

私にもし一つだけ他の人より秀でた能力があるとしたら、人とのつながりをつくる能力だろう。本書の「まえがき」に書いたように、教員免許状も車の免許証も持たない私は、妻から「出会いの達人」という空手形の称号だけを頂戴し、あとは博士（教育学）という学位を持っているだけである。

確かに何の資格も持たない私だが、初めて会った人ともすぐ仲良しになれるという能力はありそうだ。学歴、職歴、男女の性別等一切関係ない。精いっぱい誠実に生きている人なら誰でも友達になれる。それは理屈ではなく幼少期から身についてしまっているものだ。

もちろん、それは自分が寺に生まれ育ったことと不可分の関係にある。小さいころ、父に連れられて棚経に行き、帰りに農家のおばちゃんから「これ持ってき（いきなさい）」と言われて茶菓子を渡された時のことを思い浮かべると、自分だけが偉ぶるなどということはとてもできない。

お見舞い客と話していると、そばにいる妻が口癖のように言う言葉がある。

「主人はいつも風呂敷を広げるばかりで、その後始末は全て私がやっているんですよ……」

こう言うと、お客さんは「そうでしょうねえ……」と笑顔で返す。ここまでは従来と変わらないが、入院してからは新しいフレーズが加わるようになった。

「主人は人を『公平』に見ているところがあって、そのために人間関係が広がっていくんでしょうね」

病気以前には、妻がこんな「公平」などという言葉を発したのを聞いたことがなかった。T2倶楽部東北支部の両角文子《もろずみふみこ》さんからのお便りに、

「いつも、隔たりなく接してくださり、ありがとうございます」

とあった。そうか、「隔たりなく接する」か……。確かに私にはそのような点があったかもしれないと思った。だから、鶴瓶さんの10分の1程度の能力はあったのかもしれないと書いたのである。

つい先日のことである。㈱エデュフロント（東京書籍の子会社）取締役の青山芳巳さんが見舞いに来られた。青山さんとは中央教育研究所主催の教育シンポジウムの報告書をまとめる仕事をエデュフロントが担うということからつきあいが始まったのだが、私が中央教育研究所の理事長になってからは、教育シンポジウムの企画委員として参画いただき、私の仕事の良き理解者でもあった。

話が広がったついでに私は思い切って、

「全然別件だけど、他の人たちに比べて、ボクが違っていると思えるところある?」

と訊いてみた。すると彼女はしばらく考えた末に、

「人を『公平』に見ていることでしょうか……」

と言うではないか。これには正直驚いてしまった。まさか妻と同じ「公平」という言葉が飛び出てくるとは夢にも思わなかった。私が「これまで自分ではまったく思わなかったことだけど」と筆談すると、

「思っていたら、『公平』ではないですからね」

と笑われてしまった。

私の人間観の根底にあるのが「公平さ」だとしたら、それは間違いなく寺に生まれ寺に育ち、檀家の皆さんの温かい心情に育まれたからである。それだけは自信を持って断言できる。まず感謝しなければならないのは、今も続く徳運寺の檀家の皆さんである。

5 「スケートリンク」

私が通った小学校は村立の入山辺小学校であった。入学して2年後に松本市に合併さ

れたので、市立にはなったが、典型的な村の学校で、私たちの学年は２クラス合わせても50名程度の人数しかいなかった。

入学したのは１９５２（昭和27）年４月、いわば戦後の教育真っ只中といった時代で、教育史的には「新教育」時代と呼ばれていた。戦前・戦中の教育を「旧教育」と呼ぶならば、戦後アメリカの影響下で展開された教育のことを「新教育」と呼んだのである。戦前の軍国主義の教育を払拭し、「平和」と「民主主義」の教育が全国で展開された。

その新教育の実態はどんなものだったのか。私の記憶の中では、その象徴的な経験が「スケートリンク」であった。もちろん教室内でも勉強したはずだが、ほとんど記憶には残っていない。天気が良ければ外に出て散歩したり遊んだりすることが多かったように記憶している。その典型がスケートリンクであった。

信州の冬は寒い。朝は零下10度以下になることも珍しくはない。そこで、校庭の周りにほど高い土を盛り、そこに前日から水を入れておくと、翌朝には立派なスケートリンクが出来上がっている。当時の子どもたちは皆「下駄スケート」なるものを持っていて、冬になるとスケートを楽しんだ。

スケートリンクが出来上がっていると、全校の児童が下駄スケートを履いてスケートの時間を楽しむことになる。クラスの時間割はあったのだろうが、それはほとんど無視

5年生の時のクラスメート。担任の吉沢先生の向かって左二人目が著者。

だったのではないか。しかも、先生は時間がきたら上がってこい、とは言わなかった。氷が溶け始め、氷面が波打つまで私たちはスケートに興じていたのを覚えている。

戦後展開された「新教育」はその後、「牧歌的」と呼ばれて「学力」低下などと批判の対象になるが、子どもたちの自主性を尊重したことは間違ってはいなかった。

私は自宅から学校まで2キロほどの距離を6年間歩いて本校に通ったのだが、入山辺小学校には、「美ヶ原分校」という分校があった。終戦直後大陸から引き揚げてきた人々に土地を与えて開拓させた集落があり、その家族の子どもたちが通った分校であった。6学年合わせても10名ほどしかいなかった。

その美ヶ原分校の子どもたちが本校を訪問した時、楽器の演奏を披露してくれたことがある。楽器といってもオルガンと木琴にカスタネット、トライアングル程度のものだったが、分校の全児童が奏でる演奏は本校の児童、つまり私たちを心底驚かせた。私たちはこんなに素晴らしい合奏を見たことがなかった。

指導者は能勢先生という男の先生だった。子ども心に教育というのは指導者によってこんなに違うものだということを痛感した。能勢先生は本校に戻ると伊藤先生という男の先生と組んで、ガリ版刷りの『歌声おこれ』という冊子を全校児童に配り、毎週の朝礼の際に唱歌指導をしていた。これは当時盛んだった「歌声運動」の一環かもしれないが、いずれにしても私たちの小さな心を揺さぶったことは事実である。

私が後に教育界に進もうと決意した背景には、この二人の先生の姿があったように思う。

6 「偉い人」よりも「立派な人」

昔から長野県は教育県と言われてきた。明治の時代から信濃教育会という独特の組織があって、昔から特に教育には熱心だったと言われている。その「信濃教育」は多かれ少なかれ私の人生に影響を与えている。教科書というのは民間の教科書会社が作り、文科省の検定をパスしたものを採択するものだが、長野県では「信濃教育会」が独自に作った教科書を採択している教科が今でもある。それだけ教育会のプライドが高いとも言える。

小学校の6年間が終わり、いよいよ卒業式を迎えることになった。卒業式の話というのは、どこもかしこも同じような話になるもので、記憶に残ることは少ないと言っていいだろう。案の定、校長先生の話は何も残っていない。

ところが、ＰＴＡの会長さんの話が妙に耳に残った。いろいろ語ったあげくに、最後にこう述べた。

「皆さんは将来『偉い人』にならなくてもいいから、『立派な人』になってください」

この言葉がなぜかずっと耳に残った。会長さんは「偉い人」「立派な人」について具体的に言及したわけではない。だから、余計気になったのかもしれない。

6年生坊主に「偉い人」と「立派な人」の区別ができるわけもない。だいたい、小学校時代は遊びほうけて、およそ勉強などとは縁もない生活を送ってきた私に判断できる問題ではなかった。

だが、中学生、高校生になるにつれてその意味が理解できてきた。社会的に高い地位を得て評価されるというのが「偉い人」で、その反対に人間的に高い価値を備えた人を「立派な人」と呼ぶならば、やはり目指すのは「立派な人」なんだろうと考えるようになった。

結果的に、私は「偉い人」になったのか、それとも「立派な人」になれたのか？ はっきりしているのは、「立派な人」にはなれなかったということだろう。自由奔放に生きて勝手放題に活動してきた私には、「立派な人」という表現はとても当たっていない。では「偉い人」になったかと言われると、これもどうやら当たっていない。確かに大学教授という職業に就いたし、筑波大学では最後は副学長までやらされたので、表面的には「偉い人」になるのかもしれない。学会の会長もいくつも務めたし、政府の仕事にも協力した。

だが、私の個人的な思いからすれば、そのような地位やポストを獲得しようとしたわけではなく、やむなく引き受けたに過ぎないというのが真実の姿だった。ただ、引き受けた以上は立派にやりとげようとしたことは事実である。それくらいの誠実さは持ち合わせていた。

病院の中でも、自分が偉そうに振る舞うことはしなかった。むしろ自分一人では何もできず、お世話になるばかりで、感謝の思いだけであった。だが、それが「立派な人」の行状であったかどうかはわからない。

7「母ちゃんも行くね」

男の子にとって母親の存在は格別なものがある。私の親に対する反抗期は小6から中学1、2年生のころだったと記憶している。何が不満だったのか、私は激しく父親に抵抗した。それこそ包丁を振り回して父親を追い回したのだから尋常な話ではなかった。とかく次男坊は長男に比べてハンディを負うことが多く、その日もおそらくそんなことが火種で反抗したものだろう。

私はその足で「こんな家、飛び出してやる!」と勝手に思いつめて素足のまま家を飛び出した。寺の境内を駆け抜けると、一本の細い道が畑に沿って延びていた。その先には遠く北アルプスの槍ヶ岳が望める景勝地である。その一本道の途中に大きな柿の木があったが、母がそこまで追い掛けてきた。何とか私を押しとどめようと必死に私の後を追ってきたのだった。

それに気づいた私は柿の木のふもとで立ち止まった。母は何とかして息子を引きとどめようと必死の形相だった。母は私の気持ちを落ち着かせようと何かを語ったが、その中身は記憶に残っていない。少年の方にも男の意地がある。そう簡単に引き下がるわけにはいかない。

柿の木の下で、二人は沈黙したまま10分近くも立ち尽くしていたことだろう。私はこの成り行き上、「こんな家、飛び出してやる！」といった激情からこんな行動に出たわけで、のるかそるかの二者択一の心境だったことは事実だ。

とそんな時だ！ 母がぼそっとつぶやくように語った。

「母ちゃん、も行くね」

その言葉を聞いた途端、自分の耳を疑った。私には、

「母ちゃんも行くね」

と聞こえた。つまり、「母ちゃんは、自分と一緒に家を出て行ってくれる」のだと思ったのである。そう思った途端、私の両目から大きな涙が溢れ出た。「そうか、母ちゃんは家を捨ててこのおれと行ってくれるのか……」と思ったからである。

よくよく考えれば、母ちゃんがおれと一緒に行ってくれるはずもなく、母は「母ちゃん、もう帰るね」という意味で「母ちゃん、もう行くね」と言ったのであろう。私の勘違いだったに違いないが、そのことによって母の大いなる愛を得たということになった。

今にして思えば父に対する申し訳なさと、母に対する感謝の気持ちでいっぱいだが、二人ともどこかで「あきちゃん、負けるな！」と願っていてくれていると信じている。そのためにも生きなければならない。病人になると、こんな風に考えるようになるのかな？

（2）教育学を志す

1　「真面目」？

小学校６年間、それは私にとって自由で思う存分遊んで楽しんだ良き時代だった。おおよそ「勉強」の言葉のように強いられて学んだという経験はほとんどなかった。いわば、「新教育」の申し子のような存在であったと言える。

そんな私が大きく変わったのは、中学校に入学してからであった。戦後新設された「山辺中学校」の６期生として入学したわけだが、この山辺中学校には「入山辺小学校」と「里山辺小学校」の卒業生が合流することになっていた。山辺地区は「入山辺」と「里山辺」に分かれていて、「里山辺」は松本の街につながる開けた地域で、「入山辺」はさらに山の中に入った地域である。

小学校時代ろくに勉強などしたことのない私は、当然のことながら里山辺小学校から来る子どもたちに引け目を感じていた。どうせ勉強のできる子どもたちがやってくるのだろうと思い込んでいた。第2幕で紹介した「白樺会」の浜崎和子さんや矢崎直典君は里山辺の出身であった。

それでも、私は小学校では勉強しなかったのだから、中学校に入ったら少しは心を入れ替えて勉強しようと覚悟を決めていた。そこで先生の話をしっかり聞き、勉強なるものをしてみたら、最初の中間テストで思わぬ成績を取ってしまった。これが転機で私は真面目な優等生らしき存在に変身したのである。

病気になってから妻との間にあるギャップがなかなか埋められなかったのだが、彼女は途中から「あなたは、ひょっとしたら真面目なのかもしれない」と言うようになった。この「真面目」という言葉ほど私に合わない言葉はないとまず思った。長い人生を振り返っても、自分が「真面目」だと思ったことはなかった。自分のやりたいことをやってきただけのことだから、真面目に生きてきたなどとは考えたこともない。それが実感である。

しかし、よくよく考えてみると、私は真面目だったのかもしれないと思うようになった。入院生活が半年以上にわたるのに、1回も外出らしきことをしていない。1回だけ出たのは、千葉大附属病院から千葉東病院に移る際、救急車で移動した時だけである。いわば、半年以上医師や看護師の言う通りに生きてきた。それを「真面目」というのなら当たっている。そして、その真面目さがいつ育まれたかを問うならば、それは紛れもなく中学校の3年間であった。

2　「使命感」

そんな私にとっては、中学校時代はいわゆる「良い子」で押し通した時代だった。勉強もそれなりにやったし、運動もそこそこやった。その上、生徒会長までやる羽目になった。

2年生の冬、選挙管理委員会が生徒会長の立候補者を募った時、所属していたクラスから代表として選ばれてしまった。後に大学の管理職候補になった時は、いやいやだったが、この時はかなり使命感のようなものを感じて立候補して当選してしまった。

それは一種の母校愛のようなものを感じていたからである。発足したばかりのこの山辺中学校をもっと良い学校にしようと健気に思ったことは事実である。「おれがやらなければ……」という気持ちがあった。

当時の同級生が、１９７４（昭和49）年に刊行された松本市立山辺中学校『二十年の歩み』という冊子を送ってくれた。そこに私は「生徒会回想」という駄文を載せていた。「私自身は、生徒会長に選ばれて張り切ってやっていたつもりですが、やったことをろくに覚えていないところもみると、やはり大したことはやっていなかったと思います。ただ二、三記憶に残っていることがあります」として、以下のように書いていた。

その一つは、たしかそれまで生徒総会は体育館に全員座ってやっていたのですが、それは発言しにくいということで、全員椅子を持ち込んでやったということです。これは椅子の音がかえってうるさかったという難点もありましたが、意見が積極的に出るようになったことは事実でした。それから二つ目は、生徒会規約の一部改正を行なったことです。詳しい内容は忘れましたが、とにかく新しい部を作ってやっていこうという意気込みはあったように思います。最後にどうしても書いておきたいのは、生徒会独自の試みとして、全校友に向けてのスライド会を催したことです。これは私たち三年生の受験が迫ってくる十二月から一月二月頃にかけて行なわれましたが、皆の協力も得て理科室が一杯になるような盛会でした。そんなことをやろうと思い立った私たちの胸には、中学校生活は単なる受験で終わってはならないいんだというささやかな抵抗の気持ちがあったと思います。

この後、生徒会長でありながら、応援団長までやってしまった顛末が書かれ、最後にこう締めていた。

今にして思えば、やはり私の心のなかには、山辺中学校をもっといい学校にしていこうという一種の使命感はあったようです。生徒会の仕事のためにスクールバスには乗れず、暗くなった正門前で普通バスを待っていると、卒業生が高校からの帰り道、自転車に乗りながら声をかけてくれるというような光景が今となっては懐かしく思い出されてきます。

こんな具合に引用していると、当時のことがまざまざと思い出されてくる。と同時に、人間って変わらないんだ、と強く思う。筑波大学で管理職を務めた際に行ったこととほぼ同じである。

私が最初に大学の管理職に就いたのは筑波大学の教育研究科長だったが、最初にやったことは、建物の中に鳩が飛び込んでくるので危険だということで、ネットを張ったこ

山辺中学校卒業時。中央が著者。

とである。これは中学校の生徒総会で椅子を持ち込んだこととほぼ同じレベルの仕事である。できることはすぐやってやるという気概は今でも持ち合わせている。

引用文の中で「私の心のなかには、山辺中学校をもっといい学校にしていこうという一種の使命感はあったようです」と私は書いているが、その後の人生を見ても、学校や自分が組織した会などの発展のために尽くす「一種の使命感」はあったように思う。

この使命感が病気になってからの自分とどうつながるかは不明だが、この使命感は「改革」につかながっていると今は考えている。今でも組織の長に立たされると、その組織をより良いものにしたいと考えてしまう。その改革をめぐって対立や軋轢《あつれき》を生じてしまうこともあった。

しかし、病人であっても自分の生活を「改革」しようとしてきたことは事実で、そういう意味ではプラスに働いてきたと言えるかもしれない。

3 「学生さん」

中学校に入って少しはまともな生徒になった私に大きな影響を与えてくれたのが、お寺に避暑を兼ねて勉強に来ていた学生さんたちであった。

どういう経緯でそうなったかは知らないが、徳運寺には、毎夏多くの学生さんたちが夏休みを利用して勉強に来ていた。7月半ばから8月半ばまでの間だが、寝起きして勉強している姿を見て、大きな刺激を受けた。

小学校の低学年のころは、単に学生さんに遊んでもらうだけだったが、中・高学年にもなると、その人たちがどんな勉強をしているのか、関心が膨らんできた。何せ夏休みだと朝から晩まで同じ場所で過ごすわけだから、当然のことながら影響を受けることになる。

現在の徳運寺の建物は幕末の嘉永年間（１８４８年〜１８５４年）の火災に遭って建て直したもので、２０１４（平成26）年、国の登録有形文化財に指定された。本堂周辺にいくつかの部屋があり、さらに離れもあって、多い時は10数名の学生さんが勉学に励んでいた。

学生さんの専門も多様で、医学部に通っていたという学生さんは、部屋に髑髏《どくろ》を置いていたので、怖かったという思い出もある。また石川湧という作家が来ていたこともあり、今度本を出版したから、印税で皆におごるなどと言っていたことも覚えている。子ども心にそんな世界もあるのだなあと思ったものである。

また、東大ばかり5回も受験して6回目に挑戦しようとしていた予備校生も来たことがある。５年落とされたということは年齢的にも20代半ばにさしかかっているわけで、この人これからどうなるのかな、と心配になったものだ。

私が小学生時代から高校時代にかけて長く下宿されていたのは浜野俊一郎さんと小西國友さんであった。小さいころから「浜野さん」「小西さん」で通してきたが、お二人とも大学の先生だったから、今では「浜野先生」「小西先生」と呼ぶべきだろう。

入山辺村の最奥に扉温泉という温泉があり、そこの明神館という旅館で経済学者として著名な向坂逸郎《さきさかいつろう》のグループがかのマルクスの『資本論』を翻訳したと聞いたことがある。浜野さんはそのグループに所属していたということらしく、その縁でその後徳運寺に下宿するようになったという話だが、詳細はよく知らない。

小学生から中高生に至るまで、このような学生さんとの交流から多くのことを学んだ。学んだというよりも体験したという表現の方がいいかもしれない。何よりも学問へのバリアが無くなったことが大きかった。時代が時代だっただけにマルクスやエンゲルスなど学生運動にまつわる論議も起こる。またそれぞれの分野の専門書を見せてもらって、大学生になればこんな勉強をするんだと感心したことを覚えている。それらの一つひとつが私の学問への意欲を高めていった。

後で述べるように、私は高校2年生からドイツ語を学んでいた。高校にドイツ語グループというのがあって、英語が得意な生徒だけ20名ほど集めてドイツ語の授業が行われていた。2年間で大学受験までの学力をつけるというので、相当な特訓授業だった。

そんな高校生にとって、学生さんが読んでいる英語やドイツ語の原書はまるで学問の象徴のように思えた。とにかく今から半世紀以上も前のことである。学問と言えば外国の原書を読むのが当たり前という時代だった。学生さんは、

「洋書はいい匂いがするだろう」

と言って手に取って見せてくれる。田舎の高校生にとってはまるで夢のような世界だった。

しかし、大学の別の面を見せてもらったこともある。小西さんは開成高校から東大法学部に進んだ方だが、その小西さんの友人数名が徳運寺に泊まったことがある。いずれも東大法学部を卒業した方ばかりだった。夕食後ある部屋に集まって話しているのを傍聴したことがある。話は何時間にも及んだが、気になり不思議に思ったことがあった。

一つは、東大の法学部では在学中の成績が絶対的な意味を持っており、仮に「良」でも取ったりしたら卒業後の出世に影響するので、1年留年してでも「優」を取るという話だった。何も知らない高校生は東大法学部というのはそんなところなのかと思うと同時に、おれの行くところではないなと感じていた。多分自分にはそんなことはできないな、と。

もう一つ感じたのは、その人たちから出てくる話題が、友人の誰それがどこそこの課長になった、局長になったとかの話ばかりで、自分のことについての話はついに聞けなかったことである。これにも違和感を覚えたのは事実だ。もっと自分が何を考え何を主張したいのかを聞きたかった。

もちろん、この夜の話を聞いただけで判断できる問題ではないとしても、田舎の高校生が法学部という学部に対して得た印象は芳しくなかったということだけは言える。同じことは東大という大学そのものにも感じた。東大という大学に憧れながらも、肌の違いを感じてしまったのである。この経験がその後の進路選択に与えた影響は小さくなかった。

4 「神様」のひとこと

私の入学した松本深志高等学校は1876（明治9）年に創立された県下で最も古い高等学校である。さまざまな経緯を経て1899（明治32）年に「長野県立松本中学校」となり、戦後になって「長野県松本深志高等学校」となって今日に至っている。戦後まもなくは東大はじめ一流大学への進学率が高いことで知られていたが、近年やや低迷している感は否めない。

深志高校には初代校長の小林有也《うなり》先生の「遺訓」が今に伝えられている。

一．諸子はあくまでも精神的に勉強せよ

一．而して大に身體の強健を計れ

一．決して現代の悪風潮に染み堕落するが如き事のあるべからず

ことあるごとにこの「遺訓」を伝えられると、生徒の方も自然に影響を受けるものである。「精神的に勉強する」や「身體の強健を計る」ことは当然のことだが、「現代の悪風潮に染み堕落するが如き事のあるべからず」は私たちの心に浸透したように思う。

深志高校の特徴は「自主・自立」「自治」「伝統」といった言葉で表現できるだろうか。「自主・自立」を象徴するのはお昼の弁当だった。給食はないので、弁当持参でもパンを買っても、近くの食堂でラーメンを食べてもよかった。聞いた話では、戦後まもなく家の事情で弁当を持参できない生徒のために、教室で一斉にお昼を食べるということはやめたのだという。

「自治」は生徒会や戦前から続いた尚志社と呼ばれる自治寮など、そして活発なクラブ活動に象徴されていた。そして「伝統」と言えば、１８７６（明治９）年に創立されたという古い歴史を誇っていた。

私が入学した時の校長は岡田甫《はじめ》先生だった。岡田先生のお話は折に触れて聞いたのだが、１年生の私たちには難しくてよく理解できなかった。

岡田先生は東大で教育学を学んだ後、広島で被爆され、その後16年の長きにわたって

松本深志高校正門。ここで神様に出会った。

松本深志高校の校長を務められた。話はほとんど理解できなかったが、その表情も生徒に接する姿勢においても、まるで私たち1年生には神様のような存在であった。

確か11月ごろの秋の日の朝だった。私がいつもより早めに学校に行った日のことである。高校は城山《じょうやま》という小高い山の中腹に位置していた。坂を上りきって正門の前にさしかかった時、岡田校長先生が歩いて来られた。私は神様の前で思わず緊張した。何しろ相手は神様である。どうしようかと迷っていると、その神様は、

「おはよう!」

と声をかけてくれたのである。まさか、

まさかである。神様から声をかけていただいて私は舞い上がってしまった。このひとことが私を教育の世界に導いたと言っても過言ではなかった。

後でわかったことだが、岡田先生は私が生まれた徳運寺の菩提親（住職の仮の親）であった故金井清志氏の奥さんのお兄さんに当たる方であった。これも不思議な縁である。

2年生になると、いよいよ大学進学が課題となってきた。私はまず大学で何を学ぶかを考えた。理系には向いていないと考えていたので、文系で迷うことはなかった。文系といえば、当時は法学部、経済学部、商学部、文学部、教育学部くらいしかなかった。そのうち、法学部は官僚になる気もないし、あんな七面倒臭い法律書を読むなどまっぴらであった。かといって経済学部や商学部に行ってサラリーマンになる気もなかった。残ったのは、文学部と教育学部しかなかったが、文学部に行って文学で生きていく見込みもなかった。そこで、私が選んだのは教育学であった。

この選択に関しては後にまた悩むことになるが、この段階における進路決定は消去法によるものだった。

5 生涯をかけた「問い」

教育学を志したと言っても、学校の先生になろうとしたわけではない。あくまで学問的に「教育とは何か」を問いつめてみたかったのである。

教育学部でも学問として教育学を学べるのは東京教育大学と東大をはじめとした旧帝大系だったが、旧帝大系でも東大以外は教育学の体制は充実しているとは言えなかった。

私が教育学を志したのは当時受けていた高校の授業に疑問を抱いたからであった。すでに述べたように、私は小学生のころは野生児で自由奔放に駆け巡っていただけで、勉強したという記憶がほとんどない。それに対して中学生時代はいわゆる優等生タイプで押し通した。そして、高校時代は、その優等生タイプが破壊されていった時期でもあった。

当時、中学校では9教科あり、高校受験も9科目で900点満点であった。私はそれなりの成績を取っていたが、中には内容をよく理解しないまま、暗記してそれなりの点数を取っていた教科もあった。私は昔から機械系に弱く、技術職業系の教科書に出てくる自転車の構造とかボルト・ナットなどについては、教科書を丸暗記して点数だけは取っていたのである。

しかし、そんな優等生の点数稼ぎの化けの皮はすぐはがれてきた。よくよく考えてみれば我が家には理数系のDNAは存在していなかった。父は僧侶だし、母もお寺の娘だった。どう見ても理数系に進む子どもが生まれるはずはなかった。おまけにお寺の細々した修理工事や電気にまつわる工事などは近所のおじさんに全てお任せだったので、せいぜい父のできることといえば庭の草取りくらいなものであった。

そんな家系に育った私だから、まず数学で壁にぶつかった。数Iくらいはよかったものの、数Ⅱ、数Ⅲとなってきたら、だんだんわからなくなってきた。初めは教師の教え方がまずいせいかと思ったが、同じ授業を受けている友人ができているのだから、やはり自分の能力のなさによるものだと自覚するしかなかった。

同じことは化学にも言えた。つまらぬ授業で、実験でも生徒にやらせずに自分勝手にやっておしまい。こんな授業ではどうしようもないと教室からエスケープしたこともある。

数学は数Ⅱから数Ⅲに移るにしたがって苦手になったが、語学の方は得意だった。松本深志高校では英語だけではなく、2年次からドイツ語のクラスが特別に置かれていた。2年・3年の2年間で大学受験までの学力をつけなければいけないということで、誰でも希望すれば入れるというものではなかった。英語の成績が優秀でなければ入ることは許されなかった。天邪鬼っぽい私は希望して入れていただいた。これも私の一つの選択だった。

そんなこんなでいよいよ受験を考えなければならない時期がやってきた。数学と化学を除けばそれなりの成績を取っていたのだが、次第に、受験勉強に疑問を抱くようになってきた。それは、「なぜ、やりたくもないこんな勉強をやらされるのか」という疑問であった。

後に研究の対象となった柳田国男は、兵庫県の神東《じんとう》郡田原村辻川（現・兵庫県神崎《かんざき》郡福崎町《ふくさきちょう》辻川）から茨城県の利根川べりの布川《ふかわ》（現・茨城県北相馬郡利根町《まち》布川）に来て農民の貧しさを目の当たりにし、そこから「何故に農民は貧なりや」という終生をつらぬく問いを持ったという。それが彼を農政官僚の道に行かしめ、さらに郷土研究を経て日本民俗学を創出せしめていったのである。

私ごときの問いを柳田国男と比較するのもおこがましいが、私の終生つらぬく教育観はこの時点で固まったものと言える。少なくとも生徒がやりたいとも思わぬ内容を教師が一方的に強制するのはおかしい。教育というのは、子どもたちがやりたいと思うことを伸ばしてやることなのでないか、と思い始めた。

松本城の前にある古書店で、篠原助市という人が書いた『教育学』（岩波全書）という本を買って読んでみた。高校生には難しかったが夢中でページを繰ったのを覚えている。後でわかったことだが、篠原助市は戦前を代表する教育学者で東京文理科大学（東京教育大学の前身）教授であった。そして、たまたま私自身がその後身の大学を目指すことになったことに何かの縁を感じた。

意味のわからぬ（そういうのが率直な感想だった）受験勉強をするよりも、専門的な書物に大きな魅力を感じていた。この辺にも、私の天邪鬼的な性格が表れていたと言えるだろう。

6 「問題解決」に生きる

3年の秋になったころ、私は進学先を決めていた。教育学をやるなら東京教育大学教育学部教育学科が一番だと判断した。当時は受験産業も今とは違って栄えておらず、田舎の高校生が得られる情報は雑誌『螢雪時代』の大学案内程度しかなかった。そして、それで十分だった。学校の勉強さえしっかりしておけば受験など恐るるに足らず、といった気概で皆勉強したものだ。

その『螢雪時代』の大学紹介では、当時の東京教育大学の教育学部には、石山脩平、梅根悟、安藤堯雄《たかお》、唐沢富太郎、山田栄などのそうそうたる教授陣がそろっていると書かれていた。そこまで書かれていたのは東京教育大学以外になかった。

おまけにこの教育学科は、国語・数学・外国語以外は、社会科と理科は1科目でよかったので、理数系に弱い私としてはおあつらえ向きだった。外国語は英語ではなくドイツ語だったが、数学で点数を落としても、他の科目でまかなえる自信はあった。滑り止めとしては早稲田大学文学部教育学科（教育学専攻だったかもしれない）を受験することにした。こちらは国語、ドイツ語、日本史だったので落ちることはないと確信した。それほど私は数学で点数を落としていたということである。

私は変わった受験生だったかもしれない。早く大学に入って専門の勉強をしたかった。だから早く受験日がこないかと心待ちにしていた。東京教育大学は国語・数学・ドイツ語・日本史・地学で、心配なのは数学だけ。早稲田は国語・ドイツ語・日本史だけなのでこちらは心配なしだった。関心は早く大学に入って学問なるものをしてみることに絞られていた。

ここで、これまで誰にも明かさなかったあるエピソードを紹介させていただこう。

忘れもしない東京オリンピックの年1964（昭和39）年の3月4日、東京教育大学の入試が終わった直後、その足で私は日本橋の丸善に行って何冊かの本を買い求めた。

丸善は現在東京駅丸の内北口のオアゾにあるが、当時は日本橋にあった。もともと洋書専門の書店として創始された老舗であった。

洋書コーナーを歩いて探し求めたのが〝GOETHE SEIN LEBEN UND SEINE ZEIT〟という原書だったが、これはドイツ文学をやってみたかったからである。訳せば『ゲーテ　その生涯と時代』である。もう一つは安藤堯雄・石三《いしさん》次郎《じろう》・石山脩平・梅根悟・山田栄の編集になる『教育方法学―その人間観的基礎』（１９５７年、明治図書）という本だった。この二冊の本を入試が終わった直後から読み始めた。それほど受験勉強そのものに嫌気がさしていたということである。早稲田大学の受験はもうほとんど準備もしなかった。

合格発表日は3月14日だった。御茶ノ水駅前の郵便局から「フタツトモゴウカク」という電報を自宅に打った。ようやく無意味な受験勉強から解放されたことの喜びは大きかった。

こんな行状は私の長所というよりも、むしろ短所であったかもしれない。いやなことでも我慢するという方が本当は良いのかもしれないが、私のへそ曲がりの性格はどうしようもなかった。

東京教育大学に入ってみて、まず感銘を受けたのは梅根悟先生の存在感であった。入学前は「梅根」をどう読むかもわからなかったのだが、その「梅根《うめね》」先生が教育学科1年生のクラス担任だと聞いてびっくりした。

梅根先生は教育大の教育学科の中でも最も伝統と実績を誇る外国教育史の泰斗《たいと》だと聞いていたが、1年生から『原典教育学』という欧米の教育学理論のエッセンスをまとめたテキストを、英語だけでなくドイツ語・フランス語で読むことになった。私はドイツ語で受験したというだけでちょっと変わった存在だったが、とにかく原典で教育学理論を学べることに胸をときめかした。

梅根先生は1年後には新設の和光大学の初代学長として迎えられたので、わずか1年間のおつきあいだったが、先生はこの最後のクラスをとても大切にされ、埼玉県鳩ヶ谷市にあったご自宅に我々27名を招待され、ジンギスカンをご馳走になったことは今でも忘れることはできない。

その梅根先生に学んだのは、J.J.ルソー、J.H.ペスタロッチ、J.デューイなどに由来する児童中心主義の教育思想だった。戦後まもなく出された『新教育への道』（1947年、誠文堂新光社）という本は当時のベストセラーで、多くの教育関係者に読まれた。それは、児童を中心に児童のために教育を考え直さねばならないという強い意識に基づいて書かれたものであった。

そのコンセプトが、「やりたくもない勉強をなぜやらされるのか」という問いを持っていた私の気持ちに応えてくれるものであったことは言うまでもない。

梅根先生の著書に『問題解決学習』（1954年、誠文堂新光社）という本がある。梅根先生は問題解決学習の理論的ブレーンであった。アメリカの影響による「新教育」はこの「問題解決学習」の理論に導かれたものであった。この理論は主に戦後新しく誕生した花形教科「社会科」で展開されたもので、例えば、「私たちの町はどのように発展してきたか」などの「問題」を設定して、その発展の様子などを調べた上で討論しながら「解決」するというプロセスを経て展開されていくものだった。

私は「これだ！」と強く思った。この梅根先生に出会えただけで東京教育大学に来た甲斐があったと痛感した。

7　水害の原因を探る

たまたま、この本を書いている最中に台風19号が日本列島を襲った。2019（令和元）年9月12日から13日にかけてである。予測をはるかに超えた大被害が関東から東北地方に広がった。その大部分が河川の決壊による浸水・冠水によるものだった。私には

『地名に隠された「東京津波」』『地名に隠された「南海津波」』（いずれも講談社＋α新書）の著書があるように、水害に関してもまったくの素人ではない。

テレビの報道を見ていて、かつても同じような洪水が起き、その原因を中学生が「問題解決」的に探究したという社会科の実践を思い起こした。

時は大きくさかのぼって１９５３（昭和28）年６月26日のこと、台風による大雨で熊本県熊本市に流入する白川《しらかわ》が氾濫し、熊本市内の水前寺方面が大洪水に見舞われたという災害があった。死者・行方不明者１００１名という大災害であった。白川は熊本の旧市街の南側を流れているが、不思議なことに旧市街側には水は流れないで被害がなく、反対側の旧農村部の水前寺方面へ洪水は流れて大きな被害を引き起こした。

そのことに疑問を持った熊本大学附属中学校の3年生が手分けをして調べることになった。一つのグループは図書館で文献調査。もう一つのグループは現地調査に出かけた。文献調査では、すでに４００年前に、旧武家地に面する堤防は高く積み上げその上に木々や竹林を植えて水が越えないようにつくられ、さらに反対の農村部側の堤防は低くつくられていたことを明らかにした。

他方現地調査グループは白川に行って、今でも旧市街側の堤防が高く、旧農村部の側の堤防が低くなっており、その結果今回の洪水が旧農村部に集中したことを明らかにした。

　これと同じ現象が今回の台風19号でも見られた。横浜市と川崎市の境を流れる鶴見川である。鶴見川も危険な川であることは間違いないのだが、氾濫も決壊もなかった。理由は簡単で、新設のラグビー場の周辺を「遊水池」として見立て、遊水池側の堤防をわざと低くして溢れた水を貯めたからである。

　白川の場合は400年も前に「清正公《せいしょうこう》さん」（加藤清正公）が発案した治水工事が、現代の新たな洪水を起こしたということである。

　学校で行う授業の場合は「問題解決」的に学ぶということになるが、この「問題解決」の考えは現実の政治でも経済でも応用することができるし、人生にも当てはまる。生きるということも、さまざまに当面する問題を考えながら解決していく過程である。

　私の大嫌いな受験勉強だって、考えようによれば目指す大学に合格するための問題解決だと言えなくもない。

　現在入院中ながら、本を出版しようなどと考えるのも、一種の問題解決である。問題解決には主体の強い意思が求められるからである。

8 「ABA」

教育学の研究にまい進していた2年生の秋ごろのことだった。徳運寺の「学生さん」の一人のGさんから学習塾を開こうと思うが手伝ってくれないかという依頼があった。親しくさせていただいていたということもあったが、教育学をやっている以上、実際に中学生を教えるのも悪くないなという思いで、引き受けることにした。

場所は品川区の旗の台であった。それまで住んでいた池袋駅近くの3畳間から旗の台の米屋の2階の6畳間と4・5畳間のアパートに移ったが、そこが我々の職場でもあり住居でもあった。机、椅子は全て手作り、畳の上にカーペットを敷いて机を並べて教室にした。夜遅く生徒が帰ってから机をのけて寝床を敷くという生活だった。

塾の名前は「ABA教育研究会」。本来の趣旨は「成績のいいA二人がBを引き上げていく」というものだったらしいが、生徒たちは「アホとバカのアツマリ」と称していた。

考えてみれば生真面目な学生先生だった。1年生の時は大学の準硬式野球部に所属していたこともあって遊ぶ暇もなかった。赤提灯で一杯飲むなんてこともなかった。ある時、Gさんと近くの飲み屋に食事に行ったことがあった。そこで焼き鳥を頼んだのだが、出てきたのが「焼き鳥」でないことにびっくりした！

私はそれまで「焼き鳥」というのは、スズメを丸ごと焼いたものだと思い込んでいた。実際、松本地方ではスズメを丸ごと焼いたものがよく料理に入っていた。考えてみればグロテスクなもので、頭が丸ごと焼かれて出てくるものであった。それ以外に焼き鳥でイメージするものを私は知らなかったのだ。

これなんぞ笑い話以外の何物でもない。大学3年生になっても焼き鳥も知らないなんてほとんど異常としか言いようもない話である。

学習塾は当初10数名の生徒でスタートしたが、またたくまに評判になり、生徒数は増えていった。私が担当したのは英語と国語だった。後で述べるように、大学3年の終わりから4年にかけて私は単身ドイツに渡り、さらにその後大学院への進学などで2年間のブランクはあったものの、足掛け8年間この学習塾の経営に携わった。この経験が私に与えたものは大きかった。

まず痛感したことは、つまらぬ授業をしていると生徒はやめていくという現実である。これは至極当然のことであった。つまらぬ授業で学力が伸びなければ他の塾に行けばいいだけの話である。だから我々も必死に教える。その熱意だけはどこの塾にも負けなかったと自負している。

そして思い知ったのは、中学生たちは学校とは違うものを学習塾に求めているということだった。塾長のＧさんは常に「バンバン」教えるので、「バン」と呼ばれていた。副塾長格の私はなぜか「へベレケ」と呼ばれていた。酒はそう強くないのに、顔のイメージが酔っ払っていたようにとられたのだろう。

私たちの塾はまるで常識という世界から逸していた。学校という「常識」と「建前」で固まった組織にいる中学生は、そうではないものを私たちに求めてきた。授業は夕方の6時10分から9時までだったが、できない生徒は10時11時まで、あるいは0時過ぎまで残して勉強させた。生徒たちも喜んでそれについてきた。深夜の2時ごろになってお腹がすいてくると、近くの屋台のラーメン屋さんに行っておごってあげた。当時はそんなこともできたのどかな時代だった。

塾は最大規模で言えば生徒数３５０名、教員数も20数名に上った。その規模で、毎年信州上田市の菅平で1週間の夏季合宿を敢行した。生徒はそれこそいろいろなことをやってくれるので、ほとんど眠れない日々が続いた。教育学を志す学生にとってこの経験は貴重なものだった。

ある中学校のサッカー部の生徒たちが数人塾に来ていた。彼らは部活の練習もあって遅刻の常習犯だった。7時過ぎにやってきて、まともに勉強しようとはしない。そこで私たちは制裁（？）のつもりで課題を与えるのだが、彼らはそれからエスケープしようとする。

ある時、彼らが塾から逃げ出したので、私はその後を追った。しかし、どうやってもサッカー部の選手にかなうわけがない。そこで、私は考えてとっさに、

「泥棒――!?」

と叫んだ。すると、さすがの彼らも思わず走るのをやめて立ち止まった。

私たちの塾はこんなこととの連続だった。今考えるとてつもなく牧歌的な時代だったと言える。しかし、私がその後大学の教員として小学校や中学校で飛び込みの授業をすることができたのは、この「ＡＢＡ」の実践があったからである。

9　「空を飛ぶ鳥のように……」

そんな自由奔放さで中学生と格闘していた私には大きな夢があった。それは憧れのドイツの地に足を踏み入れることである。高校からドイツ語を学び、ドイツ語で大学受験した私にとって、ドイツは一度は行ってみたい憧れの国であった。

当時は学部生が応募できる留学制度はサンケイ新聞が主催するサンケイ・スカラシッ

プしかなかった。ドイツ文学を含めたあらゆるジャンルで最終合格者は10名程度だった。私は1年次、3年次と2回受験したが、いずれも一次試験の語学試験はパスして20名程度に残りはしたものの、二次試験でふるい落とされた。それならば、ということで、自分で金を稼いで行っちゃおうということにしたまでのことである。学習塾の経営に参画したのもそのような魂胆があったからであった。

1967（昭和42）年3月6日、私は横浜港からバイカル号に乗って一路ソ連を目指して出港した。大勢の友人たちが見送りに来てくれた。当時はまだ海外渡航が自由化される以前で、どの国についてもビザを取る必要があった。おまけに外貨持ち出しが500ドル（約18万円）と制限されていたため、果たして無事に帰ってこられるか保証もなかった。

横浜から津軽海峡を経て日本海に出て、ナホトカに着き、さらにハバロフスクまで鉄道で移動して宿泊、マイナス27度という寒さを初めて経験した。ハバロフスクからモスクワまではプロペラ機で9時間かかった。

モスクワから列車で東ベルリンを経て目的地エムデンに着いたのは、横浜を出て1週間後であった。エムデンはオランダとの国境にある港町で、人口5万人くらいの小さな町だったが、街並みは美しかった。

貴重な経験だったドイツ語の通訳。

この町を選んだのは、当時ペンフレンドとして交流していたヘルムート・フランク君が市役所に勤務していて、私が訪問する学校を紹介してくれたからである。学校名はドラート・シューレという小学校（ドイツでは4年制で、「基礎学校」と呼んでいた）であった。

この学校で約1か月授業観察を行った。これは4年次に残した唯一の卒論の単位を取得するためであった。それが終わると、私はこのエムデンを拠点にして約半年間ドイツを中心にヨーロッパを歩き回った。足はヒッチハイクであった。当時は第二次世界大戦が終わってまだ20年、ドイツでは日の丸を見たら多くの車が止まってくれた。

そんな中で経験した私らしいエピソードを紹介してみよう。

ドイツ中央部に位置するケルンでの話である。ユースホステルを出て、今日はオランダにでも行ってみようかと思って、車を止めたら、その車はスイスへ行く途中だという。そこで私はオランダ行きをやめてスイスに向かうことにした。別にオランダに行かなければならないという理由もなかった。その時私は完全な「自由」を実感した。自分の行動は自分の判断で決める。それはその後の人生でも一貫した姿勢であった。

そして、金銭的に助かったのは、思いがけず日本からのスポーツ少年団の団体の通訳を頼まれたことである。約4週間、朝から晩まで公式レセプションに始まって個人的な交流に至るまで全て私が通訳した。

この経験を通じて初めて人間の能力について気づいたことがある。それは公式レセプションの通訳を何度か繰り返したのだが、2、3回目で聴衆の笑いをとるまでに上達したことである。同じ「経験」を繰り返すことによってより優れた「経験」に成長するというのがJ．デューイの「学習」理論だが、まさにこの通訳の仕事はそれを裏づけるものであった。

エムデンを拠点にして私はドイツ、スイス、オーストリア、イタリアをヒッチハイクで歩き回った。イタリアではちょっと危ない目にも遭ったが、他は万全であった。そし

始業の前に整列するドラート・シューレの子どもたち。

て、最後は北欧とロンドン、パリと飛行機で回った。パリに着いたのは1967年8月25日の夜であった。翌8月26日は私の22歳の誕生日だった。ホテルに泊まる金もなかったので、エッフェル塔の下のベンチに寝て誕生日を迎えた。

半年余りにわたるヨーロッパ放浪の旅が私に与えた影響は大きかった。それまで憧れていたドイツの教育学をやめることにしたのも、この旅の体験があったからである。ドラート・シューレに通っていたある日のこと、基礎学校の1年か2年の女の子と歩いていた時のことだ。どういう経緯でそういう話になったかは覚えていないが、彼女はいきなりこうつぶやいた。

「私は悪いことはしないの。だって神様がいつも私を見てくださっているから……」

私はこのひとことで頭をぶち割られた感じがした。それまで私はドイツの教育学を研究してきたつもりだが、子どもが持つ宗教心にまで考えが及んではいなかった。私はお寺の息子だからもちろん「神様が見てくださっている」とは考えていない。多くの日本人も同じであろう。「神様が見てくださっている」と考えている子どもにどう生きろと教えることができるのか？ 私にはわからなかった。帰国後ドイツ教育学から手を引き、日本の教育に眼を向け柳田国男研究に入っていったきっかけは、このひとことであった。

そして、自由を満喫したヨーロッパ放浪の旅もいよいよ終わりに近くなった。ドラート・シューレの子どもたちとのお別れである。私は森山良子の「今日の日はさようなら」の歌詞をドイツ語に訳して歌った。

いつまでも絶えることなく
友達でいよう
明日の日を夢みて
希望の道を

空を飛ぶ鳥のように
自由に生きる
今日の日はさようなら
またあう日まで

まさに、私の人生の中でピークだったのがこの時であった。「空を飛ぶ鳥のように自由に生きる」――これが私の生き方だった。

(3)大学教員として生きる

1 上田薫先生

私が「社会科教育」をやるようになったのには、それなりの理由がある。それは長坂端午《たんご》先生との出会いである。2年生の時、長坂先生のゼミをとった。ゼミではJ.デューイの"The School and Society"(『学校と社会』)を読んだ。先生は私が松本市出身であることを知り、大いに歓迎してくれた。先生は一山越えた諏訪のご出身だったのである。

当時はどこの大学も学園紛争が激しく、長坂先生は教育学部長の職にあった時、学生たちに監禁されて脳溢血の病に倒れられてしまった。長坂先生は一高でトップの成績を占めながら、代用教員の経験から教育の重要性に開眼されて、新たに創立された東京文理科大学の一期生として入学してきた（1929年）変わり種であった。

長坂端午先生は戦後まもなく文部省に入り、新設された「社会科」の小学校学習指導要領を完成させた方だが、その下に上田薫先生がいた。長坂先生が倒れられる前に大学院の進学問題で相談に伺ったところ、上田薫先生が名古屋大学から東京教育大学へ移ってこられるとの話を耳にした。

池袋駅東口前に、昔「芳林堂」という書店があった。その2階に教育の専門書が並んでいたが、ある時偶然に『知られざる教育』（黎明書房）という本を見つけた。まずその書名が気になった。何が「知られざる」なのだろう？　その不思議な書名に惹かれて購入した。結果的にはこの『知られざる教育』を読んで、自分の師事する先生は上田薫先生しかいないと心に決めたのである。

1968（昭和43）年3月、折しも学園紛争の激しい時期に遭遇し、東大と東京教育大学の学部入試は全面的に中止という異常な事態に追い込まれた。大学院の入試も危ないということで、私は急遽名古屋大学の大学院も受験することになった。結果的には東京教育大学も大学院の入試を実施したので、無事進学することができた。

しかし、パスしたことを電話で上田先生に連絡したところ、「今は、ちょっと大学の状況が悪くてねえ……」と、言葉を濁《にご》された。後で考えてみると、その時にはすでに先生は東京教育大学を辞める覚悟をされていたのではなかったかと思う。上田先生は当時の執行部が強引に筑波移転を強行したことに激しく抵抗されたのである。

『知られざる教育』を読んでみると、戦後新たに出発した「社会科」の教育理論がいつの間にかないがしろにされて、多くの人々に知られなくなってしまったという趣旨のことが書かれていた。

戦後まもなくの教育論壇では、「社会科」に代表される経験主義・問題解決学習派と系統主義の二つに分かれて論議が交わされていた。前者は子ども中心に子どもたちの興味関心を広げ問題解決することこそ大事だとする主張であり、後者は正しい科学的な知識を系統的に教えることこそ大事だとする立場であった。

私の立場は明らかに前者であった。高校時代に「なぜやりたくもない勉強をさせられるのか」といった生涯の問いを抱いて教育学を志したのだから、当然と言えば当然であった。しかも、その論争の中心にいたのが梅根先生や上田先生だったのだから、私の進路選択は誤っていなかった。

難病を抱える今の私が置かれた状況は厳しく苦しいものであることは事実だが、その中でも問題を発見し解決しようとしているのは、このような系譜に学んできたからであるとも言える。

上田薫先生は1920（大正9）年、哲学者の西田幾多郎の孫として生まれた。西田幾多郎の娘さんの弥生さんが上田家に嫁いでそこで生まれたのが上田薫先生であった。入院中、筑波大学でお世話になった山内芳文《よしふみ》先生から『西田幾多郎随筆集』（岩波文庫）を送っていただき、目を通していたが、その中に西田幾多郎が弥生さんを偲んで書いた文章が載っていた。そこに「薫」として上田先生も登場している。

実は2019（令和元）年の5月に上田先生の白寿のお祝いの会が企画され、私も発起人の一人として名を連ねていたのだが、私が入院という羽目になり、ついにお祝いに駆けつけることが叶わなかった。忸怩《じくじ》たる思いでいた矢先、上田先生の訃報が入った。同年10月1日、享年99歳であった。弟子の一人としてどのように恩師の後を追えばいいのか。それも本書の課題である。

2　社会科理論の批判

私が千葉大学の講師として教育学部に赴任したのは、1974（昭和49）年11月のことである。初めて大学で教壇に立つということで緊張したことはよく覚えている。とにかく90分話すということがいかに大変なことかということがよくわかった。授業の前には足が震えることさえあった。しかし、それも2、3年もすると慣れてきた。私も若かったので、学生たちとのつきあいは滅茶苦茶楽しかったし、まさに大学の教員としては青春時代だったと言える。千葉県は周りを海に囲まれて恵みも豊かで、県民も大らかな雰囲気な人が多かった。大学の管理運営も大らかで自由な雰囲気に溢れていた。

教育学部の中核は小学校課程と中学校課程から成り、中学校課程は当然のことながら教科別に分かれていた。一方の小学校課程は「国語」「算数」「社会」「理科」などの「選修」に分かれてはいたが、学校現場では全ての教科等を担当しなければならないので、他の選修の教育法（千葉大では「教材研究」という授業名になっていた）を履修しなければならないというカリキュラムになっていた。

私の担当した「社会科教材研究概説」はその一つだったので、千葉大を卒業して小学校の教員になりたい学生は私のこの授業の単位を取ることが必須だった。第2幕の「反響」で紹介した3人は「国語科選修」だったが、そのような関係で私の授業に参加していたということである。

学生の質も良く、雰囲気も自由な千葉大だったが、社会科教育の教室内の教員間の人間関係は決してほめたものではなかった。社会科教育だから、私のような教科教育を専門とする者の他に、歴史学、地理学、政治学、経済学、法律学、社会学、哲学などの教員がいたが、なかなか意見がまとまらない。個人的な人間関係のトラブルから会議でもめることなどもあった。

私が赴任した当時は、多くの教員が「社会科なんて一つの学問をしっかり修めておけば教えられる」と考えていたのだから、意見が合わないのも当然であった。

「社会科教材研究概説」の講義をしながら、すぐ気づいたことがある。それは、学生たちは歴史的なことや理論的な話をすると退屈そうな顔をするが、具体的な授業の話をすると目を輝かせてくるという実態であった。

そこで私は「社会科教育演習」を新たに設置して、その演習で1年かけて学生たちと教材開発をして実践し、その授業づくりの成果を紹介しながら、「概説」で社会科の授業をどうつくっていったらよいかを講義することにした。「演習」で教材を直接作った学生たちが後輩の学生たちに紹介することによって、ますます「概説」も「演習」の評価も高まる結果となった。その授業づくりの教材として取り上げたのが「地名」だったのだが、なぜ地名に着眼したかについては（4）「地名作家への道」で述べることにする。

とにかく10年にわたって私は「地名」の教材化の試みを続けた。これが後に私の人生を大きく変えることになるとは当時は夢にも思わなかった。

筑波大学に移っても、開発する教材は「地名」から「食べ物」、「マンガ」と変わったものの、授業づくりを学生とともに行う姿勢には変わりがなかった。もともと私は東京の中学生を対象に学習塾で教えていただけに、小中学校の児童生徒を対象に教えることにはまったく抵抗感はなかった。それは私の大きな取り柄だった。

千葉大時代にまずやったことと言えば、それまでのドイツ一辺倒の研究をやめて、日本独自の教育のあり方を模索することであった。博士課程に進学してから柳田国男の研究を始めていたが、それ以外は日本の社会科理論の再検討を行った。それをまとめたのが、『社会科理論の批判と創造』（１９７９年、明治図書）だった。これは、戦後スタートした社会科に対して行われた批判を徹底的に逆に批判したものであった。この本は自分で書いた教育書としては渾身の力を込めた代表的な作品と言える。

この本を実質的に書いたのは、私が30歳を超えたばかりの時である。問題解決学習の立場から系統主義を批判したものだったが、当時それまで左派の系統主義を真っ向から批判する人がいなかったため、本書は大きな反響を呼んだ。個人名を挙げて徹底的に批判したものだが、ご本人たちからは何も反論がなかった。むしろ批判された側の方々からの私への評価が高くなったこともあって、こちらの方がびっくりしたくらいであった。

3　アメリカを体感

『社会科理論の批判と創造』を出してホッと一息入れた形になったが、次に考えたのはアメリカを訪問することだった。アメリカ訪問の目的は「社会科」という教科そのものがアメリカで誕生したという歴史的背景があったからである。アメリカではSocial StudiesとかSocial Educationと呼ばれていたが、アメリカ独特の社会的背景から生まれた教科であった。学部時代単身ドイツに渡ってドイツの学校事情などを観察した経験もあり、まず行動というのが私の流儀だった。

アメリカに行ってみたいと思ったのにはもう一つの理由があった。それは英語コンプレックスを解消しようと考えたことである。私にとっては第一外国語はドイツ語で英語は第二外国語。大学に入ったばかりのころ、英語の授業で指名されてテキストを読まされたのだが、「a kind of」を「ア　キントゥ　オブ」と読んで、教師から、

「君は高校時代、どんな英語の勉強をしてきたのか」

と皮肉られた苦い思い出がある。「kind」はドイツ語で「キントゥ」と読み、「child」の意味である。それ以降、英語の読みの方は問題ないとしても話す方は苦手だった。まずアメリカに行って英語を話せるようになろう。そんな思いだった。

当時国立教育研究所（現・国立教育政策研究所）にいた加藤幸次《ゆきつぐ》先生からウィスコンシン大学のH．クリバード教授を紹介され、ウィスコンシン州の首都マディソン校にvisiting professorとして3か月ほど滞在した。ウィスコンシン大学マディソン校は、レイク・メンドータに面した巨大なキャンパスを誇っていた。マディソンは人口数十万という比較的小さな町だが、学生数が4万を数えるという学都でもあった。

アメリカでの経験はドイツのそれに比べても勝るとも劣らぬ有益なものだった。クリバード教授からR．タバチニク教授などSocial Studiesを専門とする教授たちを紹介され、その授業に参加させていただいた。日本では数年前からようやく大学や高等学校でactive learningが叫ばれるようになってきたが、アメリカではもう半世紀も前から大学の授業はactive learningだった。自分が大学の教員だったせいか、小中学校の授業よりも大学の授業の方がよほど刺激的だった。

私にもし一つだけ他の人に勝る能力があるとしたら、見知らぬ人々とも知己になれる能力であろう。それだけはあるかもしれない。アメリカの先生たちは誰にもオープンで、いろいろな人を紹介されてお世話になった。

ある日マディソンの教育長をしているという女性の家に招待されたことがある。2、3の友人とともに私を迎えてくれて、話は大いに盛り上がった。気がついたら夜の0時

ウィスコンシン大学マディソン校キャンパス。

を回ろうとしていた。その時思ったのは、アメリカの女性たちはこんな時刻までお酒を飲みながら外出していても許されるのか、ということだった。

今でこそ、我が国でも「女子会」と称して女性だけで外で飲むことが当たり前のようになっているが、50年前の日本では考えられない話だった。

「自立してる！」

日本の女性もこうあるべきだと痛く考えさせられた。第2幕で述べたように、私が妻に大学院進学を勧めたきっかけはこんなところにあった。

とにかくマディソンでの3か月は実り多いものになった。タバチニク教授に紹介されてニューヨーク大学のミラード・

クレメンツ教授に会うことになった。同じスタンフォード大学の卒業生とのことで、社会科研究の仲間である。

私の３か月のアメリカ滞在がきっかけになって２００１年日本委員会の援助を得て「日米社会科合同セミナー」が開催されることになった。１回目のセミナーは１９８３（昭和58）年11月28日〜12月１日京都の堀川会館で、２回目は翌１９８４（昭和59）年10月８日〜11日にニューヨーク大学（ＮＹＵ）で開催された。

アメリカ側の参加者は、ウィスコンシン大学から、R.タバチニク（敬称略）、T.ポプケウィッツ、H.クリバード、ニューヨーク大学からM.クレメンツ、D.ジョンソン、ピッツバーグ大学からC.コーンブレス、オレゴン州立大学からW.フィールダーの７名であった。

日本側の参加者は、三枝孝弘（名古屋大学）（敬称略）を代表にして、岩浅農也《あつや》（千葉大学）、池田昭（成城学園初等学校、後に中京女子大学）、日比裕（名古屋大学）、加藤幸次（国立教育研究所）、奥住忠久（愛知教育大学）、山根栄次（熊本大学）、谷川彰英（千葉大学）の８名だった。通訳は全て加藤幸次先生にお願いし、私は火付け役だったことから事務局を引き受けることになった。

結局、このセミナーをきっかけにして、私たちはＮＣＳＳ（National Council for

Social Studies）（「全米社会科協議会」）の大会に毎年参加し、学会発表を試みた。能力のなさを棚に上げての試みだったが、それはドイツの教育研究をあきらめた私にとって実り多い経験であった。

このＮＣＳＳへの参加を通じて、合衆国の多くの州に足を運ぶことになった。当時は若く元気だったので、宿泊した都市では必ずジョギングをする習慣だった。ニューヨークだと、泊めていただいていたミラード・クレメンツ教授宅があったワシントン・スクエアを回るのがジョギングコースだった。今となっては夢のまた夢というところか……。

4　マンガ家・矢口高雄との出会い

現在の小学校には低学年（1・2学年）のみだが、「生活」という教科が存在している。１９８９（平成元）年に出された学習指導要領で、それまであった低学年の「社会」と「理科」を廃止して新たに「生活」という教科を設けることになった。私はひょんなことからこの「生活科」に深くかかわることになった。細かいいきさつは省くことにして、大まかな流れだけを記しておこう。

私が千葉大学から筑波大学に移ったのは１９８６（昭和61）年4月のことであった。

翌87（昭和62）年8月22日には私は全国的な授業づくりの運動を開始した。「連続セミナー 授業を創る」という研究団体であった。その運動を始める言葉として私は次のように宣言していた。

私たちの会の母体は社会科の教師集団だから、社会科の授業創りが中心になる。しかし、社会科という教科に特にこだわるつもりはまったくない。国語でも理科でも道徳でも、やりたい人がいれば何をやってもよい。

私たちの会は若者の会である。若者というのは単に年齢の若さでは決められない。若者に必要なのは、体力と気力であり、そして何よりも勇気である。それらを持ちあわせている人はいつまでも若者なのだ。

私たちは、研究を進めると同時に、そういう意味での若い教師たちをどしどし世に送り出したい。

（『ＰａｒｔⅡ』創刊号、１９８７．８）

ここに記したように、この研究団体は「社会科」の授業づくりを目指したのだが、発足後まもなく「生活科」という教科にも参入し、会の門戸を広げていった。生活科は当時の子どもたちが自然環境から離れ、遊びからも離れていることにかんがみ、自然体験などを通して活動することを趣旨としていた。

連続セミナーはその趣旨に賛同し、生活科のシンポジウムを企画した。生活科の完全実施を目前にした1991（平成3）年12月8日に渋谷区立大向《おおむかい》小学校を会場にする一大シンポジウムを企画した。その記念講演に誰をお願いしようかということになった時、ある人のアドバイスで『ボクの学校は山と川』（講談社）というエッセイを書いているマンガ家の矢口高雄先生がいいのではという話になった。

矢口高雄と言えば『釣りキチ三平』の作者として知られている。それまで私はマンガ家と呼ばれる人に接したことはなかった。何しろ、マンガは教育的に害を及ぼすという通念の時代に育った世代である。

しかし、『ボクの学校は山と川』を読んでみると、生活科にふさわしい内容が描かれている。矢口少年が小学校時代に秋田の山の中で自然と遊んだ日々のことがこと細かに書かれていた。それは私が信州で自然と戯れた日々の経験と重なっていた。生活科の記念講演にはこの矢口高雄先生に頼むしかないと確信した。

だが、マンガ家とのつきあいもなかったので、どうやって講演依頼をしたらいいかもわからない。どうしようもなく、私はご本人宛に手紙を書くことにした。この度文部省では「生活科」なる教科を新設することになったが、それは今の子どもたちが自然離れ現象にあり、生活体験が不足していること、したがってもっと自然環境の中で生活経験を積ませる必要があることを説明した上、その点で先生の『ボクの学校は山と川』が参考になるので、講演をお願いしたい旨を懇切丁寧にしたためた。

ほとんどダメ元で出した依頼状だったが、2、3日後にご本人から電話がかかってきた。私はすでに外出中だったが、妻が出た。

「マンガ家の矢口ですが……」

という声を聞いた時は足がすくんだという。矢口先生は生活科とはどういうものか、さらに確かめたかったとのことだが、妻が精いっぱい答えたら、

「そういうことならやりましょう」

との回答を得たのであった。我が妻あっぱれというべきだろう。

「連続セミナー 授業を創る」を組織してまだ4年目の一大イベントであった。1991(平成3)年12月8日、渋谷区立大向小学校の体育館は1000人近い教師たちで埋め尽くされた。ちょうど生活科が完全実施される直前であったためか、すごい熱狂ぶりであった。高名なマンガ家を呼んだ講演会とあって参加者も初めから盛り上がっていた。

その熱狂ぶりをさらに上回ったのが矢口先生のパフォーマンスだった。先生はいきな

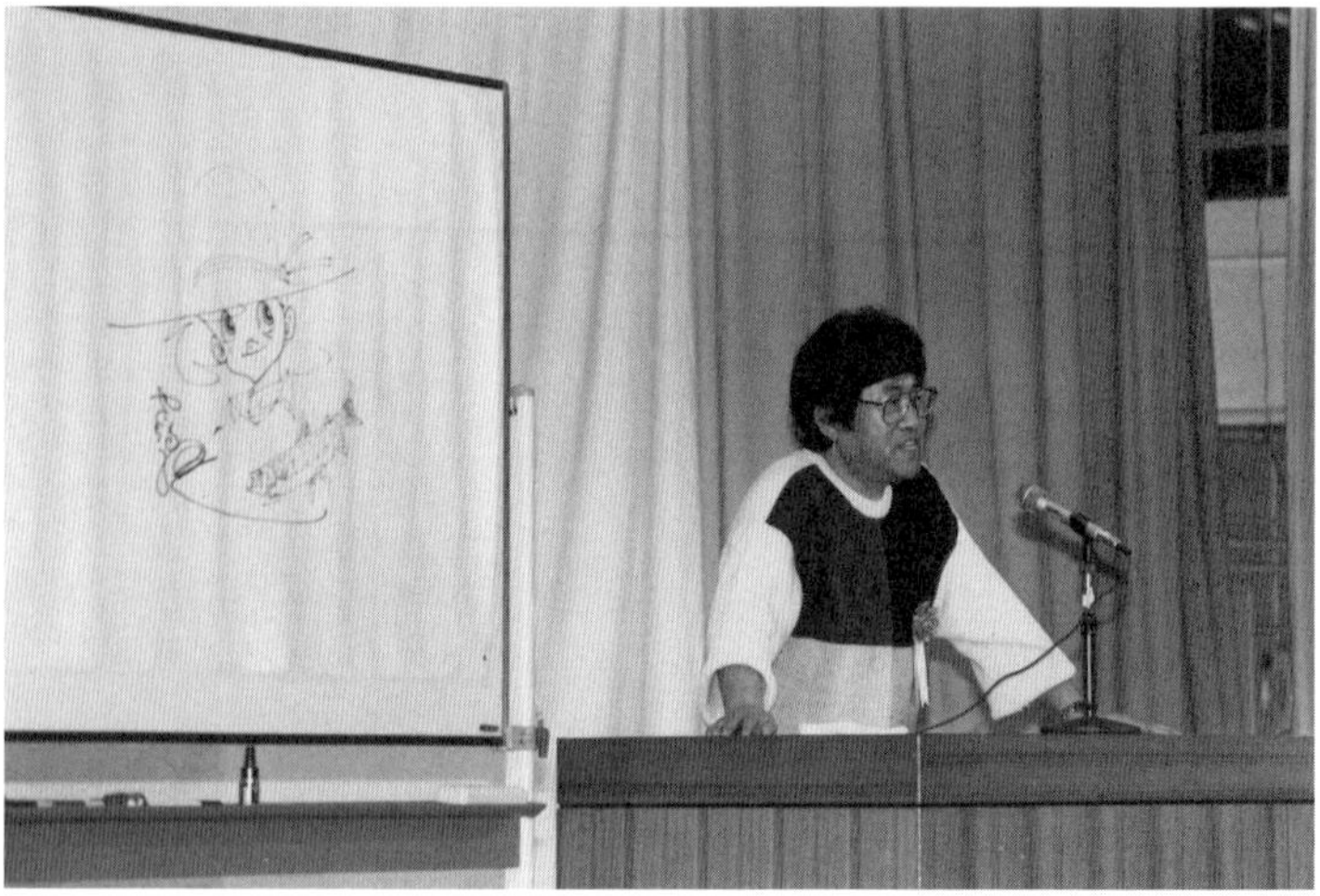

三平君をバックに講演する矢口高雄先生。

り壇上のホワイトボードに釣りキチ三平の絵を描き始めた。講演会でいきなり絵を描くという発想にまず私たちは度肝を抜かれた。よくよく考えてみれば、マンガ家なのだから当然のことなのだが、まず普通ではあり得ない導入であった。

　マンガ家なのだから絵がうまいのは当たり前だが、それ以上にびっくりしたのは講演のうまさであった。自然の中で遊んだ体験を一コマ一コマ再現するように語る姿に観客は酔いしれた。考えてみれば、マンガ家がこのように多くの学校教師たちに向かって講演したのは、これが最初であったろう。

　それまでマンガは子どもに悪い影響を与える、読ませてはいけないと言われてきたが、そんなことはない、マンガによって子どもは成長するのだということを矢口先生は説いた。

後日談だが、埼玉県の公立学校の校長をされた先生が矢口高雄の大ファンで、矢口高雄に関するあらゆるグッズを収集し、それを矢口先生に寄付したという話を聞いた。寄付をいただいた矢口先生はその元校長を招待して、なぜ自分のグッズを集めるようになったのかと訊いたところ、大向小学校での講演を聞いて大ファンになりそれ以降グッズを収集するようになったと答えたというのである。

人生、どこでつながっているかわからないものである。その教師は紛れもなく、私が主宰していた「連続セミナー　授業を創る」の会員だった。

これがマンガ家・矢口高雄と私の出会いだった。それ以降ほぼ30年近くのつきあいだが、そのつきあいが私の人生を大きく変えることになるとはまだ考えてもみなかった。

5　マンガジャパン

この講演をきっかけにして、矢口先生との相互交流が始まった。私の方からは、当時編集委員を務めていた東京書籍の小学校社会科の教科書に矢口先生のイラストを大々的に掲載するという企画を出させていただき、それを実現させた。釣りを通して環境問題を考えるという画期的なページとなった。

それに合わせる形で、東京書籍のホールを会場にして矢口高雄・里中満智子・永井豪というビッグスリーを招いて学校の教員向けのシンポジウムを開催した。このレベルのマンガ家さんが教科書会社に集合したのは、これが最初であった。その討議をまとめたのが『マンガは時代を映す』(1995年、東京書籍)である。

一方矢口先生からはマンガ界へのオファーがあった。1995(平成7)年10月21日、矢口先生にちなんだ増田まんが美術館(秋田県横手市)のオープニングに招かれ、同年11月11日には先生の母校の増田小学校の子どもたちを対象にマンガの授業を行った。先生の故郷は当時の秋田県平鹿郡増田町《まち》だが、増田町は平成の大合併によって2005年に横手市と合併し、現在は横手市増田町となっている。

多くのマンガ家さんたちと大々的に交流したのは、1996(平成8)年9月に福島県いわき市で開催された東アジアマンガサミットであった。このサミットはその後名称は少しずつ変わってはいるものの、今日まで続いているもので、その第1回目が東京と福島県いわき市で行われたのである。私はいわきで「マンガと教育」に関する提案者ということになり、初めてアジア各国のマンガ家さんらと意見を交わすことになった。そ

第3回アジアマンガサミット台湾・台北大会（1999年9月）でプレゼンする著者。

の後もマンガサミットはアジア各国・地域でほぼ毎年開催され、私も何度かシンポジウムに駆り出されることになった。

「マンガジャパン」というストーリーマンガ家の団体が結成されたのは1993（平成5）年11月15日のことだが、ある時期から私は初代事務局長を務めていた原孝夫氏とともに幹事という職を与えられることになった。このあたりから私はマンガ界に深く足を踏みいれることになる。

それは石ノ森章太郎（1938〜1998）先生にまつわる事業に関与したことである。石ノ森章太郎は本名小野寺章太郎。宮城県登米《とめ》郡石森町《いしのもりちょう》に誕生したが、石森町は1956（昭和31）年に中田町《なかだちょう》となり、さらに平成大合併で登米市中田町石森となっている。

中田町から石巻までは車で小1時間ほどかかる距離なのだが、小野寺少年は石巻の中《なか》瀬《ぜ》にあった映画館に自転車をこいで通ったという。そんなことが縁で、石巻市に「石ノ森萬画館」を建設する構想が持ち上がった。詳しい経緯は知らないが、1998（平成10）年2月に「マンガランド構想をみんなで広げる会」という市民の会が立ち上がり、私は代表世話人となっていた。

この種の構想にありがちな話だが、市民の中には賛成派もあれば反対派もあった。構想の総合プロデューサーは原孝夫氏だったが、原さんの萬画館建設への熱い情熱に触れることによって、次第に私の関わり方も本格的なものになっていった。

1998（平成10）年1月28日、石ノ森先生は闘病生活の結果帰らぬ人となった。そのことが逆に市民運動を盛り立て、ついに2001（平成13）年7月23日に石巻市に「石ノ森萬画館」がオープンした。併せて、その1年前の2000（平成12）年7月20日、中田町に「石ノ森章太郎ふるさと記念館」がオープンした。

石ノ森先生は早世されてしまったので、直接お目にかかったのはそう多くはない。その思い出を語ることをお許しいただきたい。

亡くなられる前の年の1997（平成9）年の3月25日、中田町立石森公民館を会場にして「マンガを活かした夢のあるまちづくり」というシンポジウムが開催された。石ノ森先生の他に里中満智子、矢口高雄、そして、中田町長、石巻市長、秋田県増田町長に長野県上田市長の計7名のシンポジストが壇上に並んだ。限られた時間内でこれだけのシンポジストの意見を集約することは難しい。会場には数百人に及ぶ市民がつめかけており、そこから意見を引き出す必要もある。私は司会・コーディネーターを依頼された。

マンガ家さんから見れば何もできない国立大学の教授だが、ただ一つ取り柄があるとすれば、シンポジウムの司会役である。さまざまな意見をまとめてある方向にもっていくことくらいはできる。

シンポジウムが終わって控室に戻った時、思いもかけず石ノ森先生から声をかけられた。

「あんた、すごいね——」

私は返す言葉もなく、立ち尽くすだけだった。「マンガの王様」のひとことである。素直に喜んでおこうと考えた。

矢口先生との出会いから始まったマンガ家さんとの交流は市民の方々を含めてまるで「怒涛」のように広がっていった。そこにはそれなりの理由があった。

その一つは、マンガ家さんというのは例外なく「反権威主義」であるということだった。本書を読んでいただければわかることだが、私は「権力」「権威」なるものが嫌いである。ましてや力もないのに権力や権威を振りかざす人間とは距離を置きたいと考えている。

その点、マンガ家さんはどんなに著名な方でも謙虚で、権威を振りかざすことはしない。大した力もないのに、権威を振りかざすことが多い大学教授とは大違いである。

もう一つは、ゼロから自らの作品を創作していくオリジナリティに強く惹かれたことである。自分もできればそのようなオリジナルな作品を世に問うてみたい。マンガ家さんらとつきあっていく中で、そのような思いが強くなっていった。

6　韓国研修

生活科に手を出してから、私は極端に多忙になった。おそらく人生で最も多忙な時期ではなかったか。アメリカには学会発表等で年2回くらい通っていたし、国内では生活科の講演で全国を飛び回っていた。当時一番頻繁に利用した駅はJRの浜松町駅であった。言うまでもなく、それほどに羽田空港を利用していたということである。助教授の時代はまさにそのような自由な時間を享受することができた。

千葉大学から筑波大学に移った理由の一つは、筑波大学には博士課程があり、研究者の養成ができるということだった。私が博士課程に在籍していた当時は、在籍中に博士の学位を取得するものは極めてまれで、私を含めほとんどが「単位取得退学」という経歴だった。そして退学後しかるべき時期に博士論文を書いて博士の学位を取得するというのが普通だった。

しかし、筑波大学に移ってからは人事のあり方が大きく変わった。筑波大学では人事は全て本部詰めの副学長や研究科長などのいわばお偉方で構成される人事委員会に諮られることになった。理系では博士号を持っているのは当たり前で、それと同じレベルで文系にも学位を要求してきたのである。また博士課程に在籍している学生には在籍中に博士の学位を出すよう要求された。

そこで、私は原稿の執筆を含めなるべく外の仕事を制御し、学位論文の執筆にまい進することにした。ほぼ2年間、私は自分が主宰する「連続セミナー 授業を創る」の活動、NHKの学校放送、そして当時教科書編集に従事していた東京書籍の仕事以外は全て断って、論文に集中した。

これは基本的に正解だった。もともと博士論文を指導する立場にある人間が博士の学位を有していないこと自体が問題であって、博士の学位を取得することはそれ以降不可欠となった。筑波大学では、博士の学位を持たない者は教授になれないことになっている。

私の学位論文は柳田国男の教育論に関するもので、学位が授与されたのは、１９９６（平成８）年の1月31日で、同年3月に妻も修士の学位を取得したことは第2幕で書いた通りである。

筑波大学というところは大変なところだと思った。東京教育大学時代は学部から大学院の修士課程、博士課程まで一直線のコースしかなかったのだが、筑波大学ではその系統とはまったく別組織で修士課程だけの「教育研究科」が置かれていた。すでにこの研究科については第2幕で詳しく触れたが、「社会科教育コース」だけでも入学定員数が30名近い大規模なものであった。

しかも、この研究科は東京高等師範学校以来の伝統を誇る中等学校の教員養成を担っていた。言い換えれば、この研究科の「教科教育専攻」を修了した学生はほぼ全員高等学校の教員になるのであった。

高等学校の教員となると、小中学校との教員とは決定的に専門性が異なってくる。高等学校になると、歴史学、地理学、法律学、経済学等々、それぞれ専門の学部・課程を経て大学院に進学してくる。それを社会科教育という一つの柱でまとめるのは至難の技であった。

そこで考えついたのが、全体を一つのプロジェクトに取り組ませるという試みだった。具体的にいうと、全体を三つ程度のグループに分けて、海外研修に取り組ませるという案であった。1年目はネパールと韓国に行った。2年目からは、韓国に行って実際に現地の高校で授業を実施した。

結果的に、この試みは成功した。単に学生たちが相互に交流することはどこでも行われていたが、実際に現地の高校生に「教える」となると、学生たちの真剣度が異なってくる。この試みは1995（平成7）年から私が管理職に就いて授業担当から外される2002（平成14）年まで8年間続いた。

その成果は『日韓交流授業と社会科教育』（2005年、明石書店）にまとめた。これは私の大学教員としての仕事の貴重な一部である。

7 芋煮会

私の人生の仕事が、「教育学者」「地名学者」「管理職」の三つの柱で構成されてきたことを指摘していただいたのが「上様《うえ》」こと荻上紘一先生であったことは、すでに第2

幕で紹介した通りである。細かな経緯は省くことにして、筑波大学の最後の10年ほどは専ら管理職の仕事で追われることになった。

教育研究科長を2年務めて、1年空いた後、東京大塚の学校教育部長に就任した。1年後の2004（平成16）年度に国立大学は法人化され、それまであった「学校教育部」は「附属学校教育局」に改組された。私は筑波大学の理事として5年間「附属学校教育局教育長」の職に就き、最後の2年間は副学長を兼務した。

いろいろなことをやったが、私の任務は11校ある附属学校を管理することであった。大変なことも多かったが、結構楽しんで仕事もできた。それは事務系の職員たちとの楽しいコラボが実現できたからである。

当時、附属学校教育局には四つの課が置かれていたが、総務課長として太田敏彦氏が文部科学省から送られてきた。いわゆる異動官職である。当時まだ太田さんは若く、見るからに好青年といった感じであった。お酒が入るとなかなか盛り上げるのも得意であった。聞くところによると、山形県出身だという。さらに聞いてみると、「庄内」ではなく「村山」地区の出身だという。

「だったら、今度芋煮会でもやってみないか」

と声をかけてみた。たまたま同じ総務課の職員に「庄内」出身の女性がいることがわかった。同じ山形県でも「村山」と「庄内」ではまるで別の県のように文化が違うことはよく知られている。

同じ芋煮でも、庄内では豚肉に味噌味、村山では牛肉に醤油味で、互いに一歩も譲らない。お互いに相手の味の芋煮は食べたことがないというすさまじさである。私は一時期「食育」にも力を尽くしたこともあって、郷土料理には目がなかった。

10月のとある金曜日、附属小学校の給食室から大きな鍋を借りてきて、太田課長と女性職員は立派な芋煮の鍋を完成させた。二つの鍋はそれこそ見事な味だった。これは教育長としての私の「業務命令」でやったということになっている。

私は附属学校を管理するトップの地位にあったが、本書でわかるように、全ての職員に対してバリアがなかったため、仕事も人一倍やったが、楽しいイベントも多く実施した。春になれば花見をやり、夏になれば荒川の河川敷の花火を見に行ったりした。

今でもその時の事務系職員たちはまるで同窓会のように飲み会を行っている。これも私が筑波大学に残した人間模様の一つである。

実は管理職のトップになるとさまざまなことが一気に降りかかってくる。良いことは少なく、ほとんどが「こんなことが起こってしまったが、どうしたらよいか」といった類の案件ばかりである。附属学校教育局教育長として、また大学の理事・副学長として数えきれないほど仕事をやってきたつもりだが、最終的に話題として残るのがこの「芋煮会」だというのが、いかにも私らしいと言える。そして、そんなイベントを実施できたことにささやかな誇りを覚える。

（4）地名作家への道

1　地図大好き少年

私が筑波大学を退職後、教育学者をやめて作家活動に入ったことに驚いた教え子たちは多かった。なぜ私が地名研究に入ったのか、その背景に何があったのかについて、この辺で説明しておいた方がいいだろう。

私の教育論の一つに「子どもの興味・関心10歳論」というのがある。つまり、子どもの成長をたどっていくと、10歳になるころに、自分独自の興味・関心を持つようになるという説である。

私が研究対象としてきた柳田国男に『村と学童』という本がある。これは戦時中の疎開学童が「始めての土地に入って、急に活《い》き活きとして来た注意力と知識欲とを、できるだけ一生のためになる方向へ働かすように、当人たちにも考え付かせ」、「何よりも彼等自らの疑問をもって、発足点と」するために、村の有様について書いたものである。

面白いのは、柳田はこの本を「もっぱら五年六年の大きな生徒」を対象に書いていることである。その理由について柳田は次のように書いている。

前に中央公論社の綴方《つづりかた》全集や、その他数種の児童全集を読んでみた時にも、かなりはっきりと自分には気がついたことだが、文章の上から見て、この五年という学年がちょうど一つの境目になっている。単に内容の複雑を悦《よろこ》ぶという自然の傾きが現われるのみではなく、それに用いられる新しい語句と表現法とに、急に大きな興味をもつようになるらしく思われる。（中略）国民古来の歴史から考えても、人が一人前の日本人となるために、これは最も重要な年齢であった。昔の言葉でも「物心がつく」といって、いちいち傍からかく思え、かく感ずべしと勧めなくとも、一人でだんだんと観察しまた理解して、それから得たものをもって一生の体験を養い立てる時期なのである。（『村と学童』）

柳田国男の文章は文学的であるが、教育や子どもに対する鋭い指摘がふんだんにあり、それに惹かれて私は柳田国男の研究で博士の学位を取得した。

第5学年というのは4年生の間に全員10歳になり、そこから始まる学年である。その意味では私のいう「子どもの興味・関心10歳論」と矛盾することはない。

私はこの文章を読んで、まさに自分のことを言われているような気がした。確かに私の場合も10歳過ぎてから自分なりの興味・関心が育まれてきた。親が言ったわけでもなく、教師が指導したわけでもなく、自分からつかんでいった興味・関心である。それが「地図」であった。

はっきりした記憶ではないが、4年生か5年生になった時、学校から地図帳が配られた。今の地図帳とそうは変わらないもので、日本列島が地域ごとに記載され、巻末には都市の人口、気候、農業生産高、工業生産高などのグラフが掲載されているものだ。

地図帳を見てまず興味を惹かれたのは、各地域の地図よりも、巻末の各種グラフだった。時代的には昭和30年ごろの復興の時期、高度経済成長期に入るころの話である。そのころの国民の意識はとにかく人口は多ければ多いほどよい、工業生産高は高ければ高いほどいい、というものだった。大阪の空が煤煙で汚れ1日鳥が空を飛ぶと真っ黒になるという話は、まさに工業都市としての大阪を称えるエピソードだった。「公害」という言葉がまだ日本に存在していなかったころの話である。

当時の各都市の人口をまだよく覚えている。
トップは東京の約８５０万、２番目は大阪の約３５０万、３番目は名古屋の約１５０万、４番目は京都の約１００万、続くのは横浜と神戸の約80万……であった。半世紀以上前の話だから、多少の記憶違いがあるかもしれないが、ご容赦願いたい。

そして、強烈に覚えているのは自動車生産高の国際比較だった。アメリカが棒グラフで幾重にも重なっているのに対して、当時の日本のそれは棒グラフ１本にも届いていなかった。子ども心にもそれは悔しかった。それにしても、そんな大国となぜ戦争なんかしたのかと不思議にも思った。

信州人として生まれた私が、グラフに興味を持ったのはなぜか？　そんな実証的な研究をしたわけではない。ただ勝手に推測するに、それは信州の地形ではなかったかと考えている。信州はどこに行っても四方を山に囲まれている。関東平野に生まれた人はそれが窮屈だというが、信州人は山を見ないと落ち着かない。毎日〳〵山を見て暮らしているのである。毎日見ていると、自ずから山の高さが気になってくる。

信州人には山は高い方がいいという妙な感覚がある。私の家の裏手からは、朝に夕に北アルプスの主峰の一つ槍ヶ岳を望むことができる。槍ヶ岳は標高３１８０メートル。３０００メートルを超えているからオーケーである。ところがその手前にある常念岳《じょうねんだけ》は

2857メートルで3000メートルに達していない。これを私(たち)は「残念」だと思ってしまうのである。連なる山並みを見ても、どちらが高いか低いか考えてしまう。これは私独特のとらえ方で、負けず嫌いな性格によるものであろう。

こういうわけで、まず地図帳のグラフのとりこになった。そして次に各地の地図の面白さにとりつかれた。それまで自宅で勉強などしたことがない私が家に帰ると地図帳とにらめっこになったのである。地図を見ていると飽きなかった。この山はどんな山だろう? この川はどんな川だろう? と地図を見ているだけでイメージが膨らんできた。

小学校高学年になってこのように特殊な興味・関心が育まれるのは、手塚治虫や矢口高雄などのマンガ家にも言えることだった。手塚治虫は10歳ごろから昆虫大好き少年だったことから名前を「治虫」にしたことは有名な話だ。また矢口先生にしても、昆虫好きだった上に釣りが好きになったことから『釣りキチ三平』を誕生させたのだった。いずれも人生を大きく左右するきっかけになっている。

たまたま、私の場合は「地図」だったのである。そして、偶然にもこの地図好き少年を試すチャンスが訪れた。

2　初めて海を見た！

私の父は富山県の出身である。今の行政名で言えば、富山県中新川《なかにいかわ》郡立山町《たてやままち》である。だから親戚は富山に多く、折に触れて叔父や叔母をはじめ従弟たちが松本にやってきた。先に述べた「学生さん」の中には従弟に当たる平井彦次郎さんも入っていた。「彦ちゃん」と呼んでいた彦次郎さんは中央大学の法学部に進学し、後に地元の銀行のトップに立った人だった。

そんな縁で、たまたま父が富山に行くことになった。父はもともと平井家に生まれたが、生まれる前から谷川家に養子に入ることになっており、そこから谷川という名字を名乗ることになったという。

私が5年生になった年だから、昭和31（１９５６）年の夏のことである。どういう理由によるものかはわからなかったが、私は父に連れられて富山へ行くことになった。親子での最初にして最後の旅であった。

それまで、私は長野県内にはどこか行ったことがあったかもしれないが、県外に出たことはなかった。基本的には標高６０５メートルの松本の町より低いところに行ったことがないという始末だった。

私は富山に行く理由はわからないものの、汽車に乗って旅をするのは初めての経験だったし、見知らぬ土地に行き、見聞を広めることに心を躍らせた。毎日眺めていた地図帳の現地に行くことができる喜びは大きかった。この山はどのように見えるのだろう、この川はどんなに広いのだろう、とイメージは大きく膨らんできた。

地図帳以外に大きな大学ノートを用意し、そこに汽車が到着した駅名と到着時刻、そして出発時刻を書き込む。川を渡ればその川名を書き込む。今で言えば自由研究だが、それを誰に言われるまでもなくやろうと決めたのである。

旅のルートは、松本を出て長野を経由、さらに信越線で新潟県に入るコースだった。新井駅を過ぎて高田の町を通り過ぎたのは午後5時ごろだった。高田は今は上越市になってしまったが、旧高田藩として江戸時代から栄えていた町だった。が、当時はそんなことを知る由もない。

ただ、列車から見た私の目に焼きついたのは、薄暗いイメージの家々であった。家の周りが板で囲われて黒いイメージなのである。後でわかったことだが、高田は全国的な豪雪地帯で、家の周りを雪囲いする必要があるからであった。

余談だが、その10数年後、この高田の町に生まれた女性と結婚することになるとは、夢にも考えなかった。

そして、直江津に着いた。夕方の6時ごろだったろう。父は駅で駅弁を買ってくれた。私はごく普通の弁当なんだろうという思いで手に取り、一口食べてみた。今でもはっきり覚えているが、ご飯がこんなに美味しいものだということを初めて知った。これまで食べてきたご飯とはまったく味が違う！　お米ってこんなにうまいのだということを初めて知ったのである。「所変われば品変わる」という諺があるが、まさに「新潟は米どころ」だったのである。

弁当を食べた後、父は私を海岸に連れていってくれた。もう夕方で暗かった。遠浅でもない浜に黒い波が繰り返し押し寄せてくるのを見て、海は怖いという印象だけ抱いた。とても海の彼方の夢を追うようなロマンティックなものではなかった。

初日は直江津に泊まったはずだが、記憶にはない。

3 「可愛い子には旅をさせよ」

翌日、北陸線に乗って右手に海を見ながら富山に向かった。途中、糸魚川を過ぎたところに「親不知《おやしらず》」という駅があった。珍しいと思いながら外を見ていたら、父が、この辺の海岸は崖が険しくて、親子で走っても相手を忘れるほど波が荒いと教えてくれた。

これは、私にとって初めての地名の体験だったかもしれない。

富山市内の叔父の家に着き、私が書き込んできたノートを見せると、「あきちゃんはすごいね」と誉め言葉をいただいた。私の地名研究の原点はこのノートにあったのかもしれない。山国で育った私には、富山の何もかもが珍しかった。まず出していただいたお茶が苦かった。信州のお茶は漬物といっしょにがぶがぶ飲むので「がぶ茶」などと言われてきたが、富山は上品で濃い苦いお茶だった。

そして驚いたのは、ご飯時に出されたイカの刺身だった。山国育ちの私は、それまで「刺身」というのは「生のマグロ」のことだと思い込んでいた。つまり、刺身というのはマグロを切ったものだと思っていたのである。だから、この世に「イカの刺身」が存在するとは思ってもみなかったということである。

富山から名古屋に向かう途中金沢を通ったが、父は、この金沢が北陸一の町だと教えてくれた。その時のことを昨日のように思い出せるのだから不思議である。米原の駅(というよりも駅周辺)など、今も昔もそう変わっていないと思う。

名古屋の大都会をこの目で見て、中央西線で木曽を通って松本に帰るまでの1週間の旅は終わった。ほぼ中部地方を一周する旅だったが、これが将来の私の生き方を決めた一つの体験であったことは事実だ。何しろ日本地図の一部にせよ、その地域を地図と共に列車で回ったのである。それは後にライフワークとなった地名研究の原点となったと言ってよかった。

父は家庭内でも住職といった立場にあって家庭サービスなどはまずしてくれなかったが、この1週間の旅は私への最良にして最高のプレゼントであった。このような体験はぜひ自分の子どもたちにも伝えようと思い、二人の息子にもそれぞれ高校生の時、アメリカへの2週間の旅をさせた。きっと何かを感じたに違いないと思っている。「可愛い子には旅をさせよ」である。

4　古い道・新しい道

そんな私は6年生くらいになると、「地図大好き少年」から「地理大好き少年」に変わっていた。日本地理に関する知識ではお寺に住みこんでいた「学生さん」の誰にも負けなかった。しかし、中学校に入ると私はいわゆる優等生になってしまい、地域のことなどにはまったく関心を示すことなく3年間を過ごしてしまった。それは、中学校が遠かったためスクールバスで通ったということも影響していた。

まして高校に入ると、毎日の勉強に追われる中で「地図帳大好き」などと言っている暇はなかった。すでに述べた通り、「やりたくもない勉強をなぜやらされるのか」といった疑問ばかりが渦巻いていた。そして、大学に入ってからは野球と教育学研究に追われた。

そんな中、大学2年生くらいのことだったろう。田舎に帰って、久し振りに父の仕事を助けようと松本市内のとある檀家に伺うことがあった。例によってお経が終わった後お茶でも飲んでいた時の話である。

その方は当時松本市内に住んでいたが、出身は私と同じ入山辺村であった。昔話をしているうちに、入山辺村の「道」の話になった。今バスが走っている道路は新しくできた道で、昔は違う道を歩いたもんだという話だった。

その話を聞いた途端、私の体に衝撃が走った。「そうか、そうだったのか……!」という驚きの声をあげそうになった。それは10年以上も前から抱いていた「疑問」を一挙に解いてくれたからであった。

私は小学校6年間、自宅から学校までの2キロの道のりを歩いて通った。登校の際は最短のバス道路を歩いたが、帰りはさまざまな道があって友達と道草をくいながら帰ったものである。自家用車などほとんどなく、松本市内に炭を売りに行った帰りのリヤカーに乗せてもらったりするのどかな時代であった。

古い道の入口には道祖神が建つ。

そんな6年間のある時期から私にはある「疑問」が生まれ、それが6年終了まですっと続いていた。それはバス道路のあちこちにやや太い道路が交差していたことである。一例を写真で説明しよう。

写真の手前の大きな道路がバス道路である。その道路に交差するように、右上に延びる坂がある。バス道路に比べれば道幅は狭いが、決して小さいとは言えない道である。いったいこの道は何なのだろう、というのが私が密かに抱えていた疑問であった。

故老によれば、この坂道がかつてのメインの道路で、バス道路は新しくつくった道だというのである。いわばバス道路はバイパスとして新たにつくられたものだということになる。

「目から鱗《うろこ》」とはまさにこのことだった。この話で10年来の疑問が一気に解消されたのである。よくよく見れば、集落の入り口に置かれる道祖神などは古い道の入り口にある。

私が後に地名を通して地域の歴史を探ろうとしたのは、学生時代にこのような体験をしたからである。

5 『コミックアルファ』

私には生涯1回だけ浪人した経験がある。それはドイツから帰ってきて、卒業論文を仕上げ、さてそれからどうするかで迷ったことに始まった。それまでまい進してきた教育学に進むか、あるいはドイツ文学に進むかの選択だった。散々迷った挙句、東京教育大学と東大のドイツ文学の大学院を受験したのだが、両方とも見事に落とされた。

ドイツ語には自信はあったのだが、それだけでは通用しない世界なのだと目覚め、翌年は教育学の大学院に進学することになった。しかし、文学をやってみたいという野心はどこかでくすぶり続けており、教育雑誌の原稿を書いてもしばしば文学的表現が出てくる始末だった。

私の場合、そのような文学への憧れが地名本へとつながっていった。もともと私が地名に着眼したのは、社会科という教科の教材として活用しようとしたことにあるのだが、地名はそれ以上の価値を有していたようだ。千葉県下に配布されていたタブロイド判の「ニューファミリー新聞」（週刊）から地名の連載を頼まれた。これが私の地名連載の走りとなった。

この連載をまとめたのが『地名教室 ―東葛飾を歩く―』（1987年、ニューファミリー新聞社）だったが、これが思わぬ反響を呼んだ。3000部刷ったのだが、わずか2か月で完売してしまった。

この『地名教室』が千葉県版とすれば、それを全国バージョンに拡大してくれたのが『コミックアルファ』（メディアファクトリー刊）に連載した「谷川教授の地名学」だった。

すでに述べたように、1990年代の後半はマンガジャパンの組織を通じて私がマンガ界に深く足を踏み入れた時代であったと言える。実は私の地名研究はマンガ界から生まれたと言っても過言ではない。マンガジャパンが誕生した際、その機関誌を発行することになった。隔週刊の『コミックアルファ』（創刊1998年4月7日号）であった。純粋なマンガ雑誌だったが、そこに連載を頼まれたのだった。まったく思ってもみなかった展開だった。

並みいる高名なマンガ家さんのストーリーマンガの間を埋めるわずか1ページのコラムだったが、二階堂正宏さんのブラックユーモア溢れたイラストにも助けられそれなりの評価を得ることができた。

『コミックアルファ』は1年半で休刊となってしまったが、その間隔週で全国の面白い地名を訪ねて取材して書くというまさに地名作家の生活を送ったことが、その後の私の人生を変えた。今では考えられないことだが、当時は日本中のどこへ行っても取材費を全額出していただいた。これは大いに助かった。この編集部の配慮によって私の地名研究は全国バージョンに拡大したのである。

マンガ雑誌ではよくあることだが、毎号巻末にどの作品が面白かったかを問うアンケートが掲載されている。『コミックアルファ』にもそのアンケートが毎号載っており、マンガ家さんの作品に負けまいと毎号書いたことを覚えている。書くものに手を抜かないという姿勢は今日も変わっていない。

50回にわたる連載の原稿を1冊にまとめたいと考えた。当時日本地名研究所を通じて親しくしていた白水社の編集者に原稿を持っていった。彼もこれが本として売れるかどうか半信半疑の表情だった。その後企画会議に出したところ、誰も賛同せず、難航したと聞いた。

結果は最後に社長の鶴の一声で企画を通すことができたという。書名は『地名の魅力』とし、カバーデザインはマンガジャパンの事務局長をしていたグラフィックデザイナーの原孝夫氏に頼んだ。

『地名の魅力』は装丁の素晴らしさもあって、出版社の想定をはるかに超えて売れた。それまで地名本といえば、好事家《こうずか》の難しい本というイメージが強かったのだが、この本は読み物として楽しめるという性格の本に仕上がったのである。『地名の魅力』はその後白水社のUブックスに組み込まれて今日に至っている。

この本は私の地名研究のスタートになった。誤解をおそれず言えば、地名が読み物として面白くハンディで楽しめることを示唆した最初の本であると思う。

この『地名の魅力』にいち早く目をつけたのは、KKベストセラーズであった。編集部からの依頼は「京都」の地名に関する本を書いてほしいというものだった。私は躊躇した。それまで地名の本というと、ほとんどが地元の郷土史家が地元の地名について書いたものであった。私のように京都に縁のない者が京都の地名の本を書くという発想そのものがなかったのである。

京都について特に深い理解を持っているわけではない私に許されたのは、徹底的に歩きぬくことであった。それ以外に私の武器はなかった。結果的には、それが功を奏した。『京都 地名の由来を歩く』という書名が良かったこともあり、「地名の由来を歩く」シリーズは、その後「東京・江戸」「奈良」「名古屋」「信州」「千葉」「埼玉」と続く私の代表作となっていった。

6 地名に生きる

私の地名研究は柳田国男と谷川健一の思想によって導かれてきた。日本地名研究所初代所長であった谷川健一も柳田の地名研究から出発していることからわかることだが、やはり日本の地名研究では柳田国男の研究がバイブル的存在である。

その柳田国男は1936（昭和9）年に出した『地名の研究』で、「地名とはそもそも何であるかというと、要するに二人以上の人の間に共同に使用せらるる符号である」とその本質を指摘し、さらに次のように述べている。

最初の出発点は、地名は我々の生活上の必要に基いてできたものであるからには、必ず一つの意味をもち、それがまた当該土地の事情性質を、少なくともできた当座には、言い表していただろうという推測である。官吏や領主の個人的決定によって、通用を強いられた場合は別だが、普通にはたとえ誰から言い始めても、他の多数者が同意をしてくれなければ地名にはならない。（中略）

過去の或る事実が湮滅に瀕して、かろうじて復元の端緒だけを保留して居たのである。もう一度その命名の動機を思い出すことによって、何らかの歴史の闡明《せんめい》せらるべきは必然である。

これは地名研究の宣言文のようなものである。これを受けて谷川健一は次のように宣言した。

地名は大地の表面に描かれたあぶり出しの暗号である。とおい時代の有機物の化石のように、太古の時間の意識の結晶である。地名を掘り出すことで、人は失われた過去にさかのぼる。そしてそこで自分の関心に応じて、地名から興味のある事項を引き出すことができる。地名は大地に刻まれた人間の過去の索引である。

（『伝統と現代』第53号）

その谷川健一先生が亡くなられたのは２０１３（平成25）年8月24日であった。連絡を受け駆け付けた告別式の席で、私は日本地名研究所長の代行を依頼された。研究所創設のころからお世話になってきた関係上断ることもできず、半年の代行の後に所長を務めることになった。

だが、私は研究所の組織を整えた上で、1期2年の任期で所長の任を降りた。筑波大学の管理職に就いていた期間は全国地名研究者大会にもなかなか参加できずにいたが、久し振りに戻ってみて、いくつかの点で違和感を抱いた。

詳しく述べることは避けたいが、最大の違和感は地方に組織されている地名研究会の体質であった。会員も高齢者が多くなり、組織は形骸化しているところが多かった。そして、一番違和感を抱いたのは、学者でもないのに、あたかも学者然として権威をかざしている人が少なくなかったことである。

本書を読んでいただければおわかりのように、私は権力や権威をかざす人間が嫌いである。だが、日本地名研究所に集まる人々の中にはそのような人が少なくなかった。しかも、そのような人の多くが小中高等学校の社会科教師の経験者であった。子どもたちにわかるように話してあげるのが教師の務めのはずなのに、逆に権威を盾に難しく話そうとするその姿勢に大きな疑問を抱いた。その人たちにとって「教育」とは何だったのか？「学問」とは何であるのか？

私が日本地名研究所の所長を1期でやめたのにはこのような事情があった。学問に権力や権威は不要である。地名は庶民文化の成果である。地域に住む「おじちゃん」「おばちゃん」に寄り添えない地名研究など不要である。地名研究には柔らかさの上に奥深さがほしい。それが柳田国男の思想であり、谷川健一先生の思想であったと確信する。

第4幕

ALSを生きる

（1）精いっぱい生きる！

1　「信じられない言葉」

「エンジン01文化戦略会議」事務局の須藤智美《さとみ》さんから関係者に私の情報が伝わり、和田秀樹さんとのやりとりがなされたことは、第2幕の最後で述べた通りである。その後私は千葉東病院を退院し、自宅療養の生活に入った。

２０１９（令和元）年11月の末のことである。そのエンジンの仲間である写真家の眞《ま》下《しも》伸友さんから思わぬ情報が流れてきた。経緯は不明だが、眞下さんが入院中の私を見舞いに来た際の感想をフェイスブックに書き込んだのである。それもかなりの長文で眞下さんご自身のプライベートなことまで書かれている。

義理のお兄さんが数年前にＡＬＳで亡くなったこと、そして病名が判明するまでの

「苦しさは闇夜に放たれた精神不安定な地獄の時間であることを知った」と書いている。そんな経験があるので私が入院している病院に駆けつけてくれたのだが、そこで「信じられない言葉を聞いた」と言う。

この難病を告知されたら「落胆する筈」だが、逆に「一筋の光が自分の前に照らされた」かのように私が語ったというのである。眞下さんは「人は道筋が目的、原因がわかって初めて前を見て進むことを再認識した」と書いている。つまり、「道筋」がわかって初めて前を見て進むことができると言いたいようなのである。

眞下さんのこの書き込みを見て、ようやく事の本質が見えてきたような気がする。普通はＡＬＳという難病を宣告されたらショックを受け落ち込んでしまうのだが、私たち夫婦はむしろそれまでの意味不明な症状の説明ができたとして、気分はむしろすっきりしたと述べた。それを眞下さんは「信じられない言葉を聞いた」と書いている。

眞下さんとは、３年前の２０１７（平成29）年２月に開催された水戸大会のカラオケ大会で（おじさん）ＳＭＡＰとして「世界に一つだけの花」を熱唱した仲であった。その眞下さんからこのような話を聞くとは夢にも思わなかった。やはり持つべきは友人である。

同じような指摘は別の方からもいただいたことがある。確かにご指摘の通りかもしれない。そこには多分に私の天邪鬼的な性格が影を落としていると言えそうだ。そしてその背景には仏教的な物の考え方が潜んでいる。

2　みかえり阿弥陀

私がよく訪れる寺院に京都の永観堂がある。一般の観光客には秋の紅葉で有名だが、本質は平安仏教の歴史を解く仏像にある。東山の山肌に沿って上っていく階段は「極楽」への道を示唆しているが、それを上りつめた阿弥陀堂に祀られている「みかえり阿弥陀」が本命である。

阿弥陀如来は一般的には座像だが、ここの阿弥陀様は立像《りゅうぞう》でそれだけでも珍しいのだが、さらに首を傾けて後ろを振り返っている点で、我が国で唯一の仏像と言ってよい。そこには以下のような背景があったと考えられている。

時は平安末期で末法思想が広がっていた時代である。世が混乱すればするほど人々の心は乱れ、そのまま極楽浄土に行くことはできない状況であった。一般に「この世」である此岸《しがん》には釈迦如来がいて、「さあ、彼岸へ行きなさい」と言い、「あの世」である彼《ひ》岸《がん》には阿弥陀如来が待っていて「さあ、いらっしゃい」と迎えるのが仏教の世界の原則であるという。混乱する世の中では罪を犯した庶民は、「この世」から「あの世」に渡る白道《びゃくどう》をなかなか渡っていくことができない。そこで待ちくたびれた阿弥陀仏が立ち上がって「さあ、私のあとについて来なさい」と言って後ろを振り返ったのが、あのみかえり阿弥陀なのだという。

わずか77センチの仏像だが、一度拝観したら忘れられないほどの優しさが満ち溢れた表情が特長である。このみかえり阿弥陀に出会ってからすでに40年が経過した。その間、あの世に行こうとして行けない庶民を救う仏像として共鳴してきたが、いざ自分が難病を抱え死への道のりを考えざるを得ない今の時点に立つと、微妙に意識が変わってくるのを禁じ得ない。

浄土宗や浄土真宗では「南無阿弥陀仏」と唱えれば、あの世（浄土）に行けると教える。一方、禅宗では自ら修行をして自力で悟りを開こうとする。仏教についてまともに研究したわけではないが、一般的にはこう言えるだろう。

そこで、ALSと立ち向かう場所にある私はどちらの立場に立とうとするか。答えは簡単で、後者の禅宗の立場である。それは言うまでもなく、私が曹洞宗の寺院に生まれ育ったことに大きく関わっている。「あの世」に頼るのではなく、あくまでも「この世」に生きるのが禅宗の思想である。

ＡＬＳという難病を抱えながら、一日〳〵を精いっぱい生きようとするのは、このような仏教的な考えに基づくものであると思う。

3　精いっぱい「今」を生きる

ＡＬＳを宣告された時心に浮かんだのは、すでに述べた通り「我が人生に悔いなし！」という言葉だった。あと残された命がどれだけ続くかわからないが、これまでの人生は思う存分生きてきた。これ以上やれと言われてもとてもできない、というのが率直な思いだった。

仮にこのまま死んだとしても、これまでやってきた仕事は残る。それは大きな心の支えだった。とりわけ私の場合は、多くの著作物がある。どれだけの冊数になるかはよくわからないが、かなりの数の著作物が各地の図書館に収蔵されている。それだけでいいじゃないかとも思った。

「今」の私にできることは、これまでの蓄積の上に1冊さらに1冊と積み上げていくことしかない。今はそう考えることにしている。来世の夢に賭けるのではなく、現世の目の前に直面する課題に取り組むこと、それしかないと考えている。

もともと私は外向きの人間で、家に1日中じっと引きこもっていることが一番苦手であった。そんな人間が7か月もの間病室から一歩も出られない入院生活に耐えられたのは、毎日〳〵やるべき仕事のゴールを設定できたからである。本書の構想や他の企画の構想など、ベッドに横たわりながらさまざまに考えを巡らして過ごしてきたからこそ、7か月もの間落ち込みもせずに過ごすことができたのである。

あの世にいる父母や恩師、友人たちにすがるのではなく、その人たちの力を現世に生きる自分に引きつけて生きることこそ、今求められているのではないか。

4　絶望しない

ALSを宣告されて、一瞬絶望感に陥ったことがあった。これから先自分は社会に出ることもできず、社会的活動など望むべくもないと思ったこともある。「一寸先は闇」状態であった。あれもできない、これもできない状態で、いったい自分はこれから先どうなるのだろうと思うとやるせない思いに駆られる。しかし、それはほんの一瞬で、すぐもとの能天気な楽天家に戻っていた。

エンジン01の会員でもある里中満智子さんから、応援のメッセージが届いた。

向かい風に立ち向かう先生の気力に感動しっぱなしです。
ヒーローです‼
世界の常識をくつがえす存在になってください‼
（ここでチアガール登場♪）

期待しています（ここでチアガールジャンプ！）

明日は谷川先生の為にある（紙吹雪キラキラ　くるくるチアガール乱舞♪♪♪）

先生の気力が多くの人に希望と勇気を与えます！
選挙には出なくていいので、ベストセラーを！
ＰＲぜひお手伝いさせてください。皆にも声かけます。
よろしくお願いします‼

里中満智子

マンガ家さんというのはこういう発想をするんだなあと思いながらも、涙が出るほど嬉しいメッセージだった。私は「ヒーロー」ではないので、「世界の常識をくつがえす存在」にはなれないが、天邪鬼の性格からＡＬＳに「抵抗する存在」にはなれるかもしれない。

第1幕でエンジン01のオープンカレッジが釧路で行われた際、体調不良を実感したことを述べた。本書ではそれを「釧路事件」と表現した。その数か月後に私は救急車で大学病院に担ぎ込まれる結果になったわけだが、人工呼吸器を取り付けられて、もはやエンジンのオープンカレッジには参加できないと諦めていた。いわば、エンジンのオープンカレッジへの参加は絶望視していたのである。

ところが、里中さんから思いがけないメールが届いた。

　エンジン01で先生を応援する呼び掛けが始まりました。会員で居続けたいという意欲は皆さんに伝わっています。

　あまり遠くない地域で開催される時に、先生が参加出来る日がきますように…。

お待ちしています。

まさかエンジン01が私を応援する呼び掛けをすることになるとは、まったく予測しなかった。そして、遠くない地域でオープンカレッジが開催されることになったら私も参加できるかもしれないという。今のままでは、私は声を発することができないが、それを補う情報保証はいくらでも可能である。

再び市民の前で語れるとなったら、それはまさに奇跡である。どんな難病にかかっても「絶望」からは何も生まれない。わずかの可能性からでも道を広げていくことはできる。まさにそのように思えた。

5　バーベキュー

すでに触れたように、矢口高雄先生は私にとって人生の師のような存在である。私が動けない状況になってしまった以上、もう先生にはお会いできないかもしれないと考えていた。いわば「絶望」である。だが、第2幕で述べたように、先生から「屋上でのバーベキュー楽しみに待っています」という葉書をいただいた。そこで、早速バーベキューの実現となった。

２０１９（令和元）年11月24日、我が家の屋上で第1回目のバーベキューが行われた。

数年前に改築した我が家は、やはりエンジン01仲間の建築家の今川憲英《のりひで》さんと竹山聖《きよし》さんの設計によるもので、3階部分に相当する屋上はかなり広く、バーベキューにはもってこいのスペースになっている。

矢口先生が来られるということで、マンガジャパンの古くからの飲み仲間の三浦みつるさん、木村直巳さんにも声をかけたところ喜んで参加してくれた。三浦さんは『The♥かぼちゃワイン』の作者として有名だが、近年マンガ家をやめて絵本作家となったとか。そして木村さんは『イリーガル』などの作者として知られてきたが、最近はフジテレビ系でドラマ化されたマンガ『監察医　朝顔』の作画者として脚光を浴びている。いずれも深い思い出のあるマンガ家さん仲間である。

天候も何とか持って、パーティーは和やかなうちに終了。この企画は、私の方でやや広い屋上とバーベキューの食材を用意するので参加者はつまみを一品持参することという、まことに勝手な思いつきによるものである。しかし、参加希望者は結構多く、順番待ちといった状況である。

現在の状況では、私が外出して人に会ったり飲んだりすることは困難である。ならば、我が家に来ていただこうという勝手な発想によるものである。しかし、このバーベキューの開催によって私は多くの友人や仕事仲間にお会いできることになった。いわば私の貴重な社交場となるのである。望みを失わなければ、必ず活路はある。それを信じることにしたい。

自宅に戻ってまだ1か月だが、やがて機会を見て居酒屋やレストランなどにも出没してみたいと考えている。望みを持とう！　絶望からは何も生まれない。

(2)ALSと向き合う

1 ALSって何だ?

ALSの病状の実態はまちまちらしい。人によって個人差があるので一概にこうだとは言い切れないということらしい。となると、医学についてほとんど専門的な知識を持たない私のような人間にはどう判断したらよいかわからない。

取り敢えず、自分の病状についてまとめてみると次のようになる。

1 3、4年前から、食事のトレイなどを運ぶのに違和感を感じた。咳やくしゃみが出にくくなってきた。これが前兆であったと言える。

2 2018(平成30)年2月19日、突如カレーライスが食べられなくなり、それ以降体重が激減し、体調不良が続いた。その間前立腺がんが見つかりその対応にも追われ、精神的に追い詰められ、さらに歩行が次第に困難になってきた。
3　２０１９（平成31）年3月22日の深夜、救急車で千葉大学附属病院に搬送され入院。2か月後、ＡＬＳと診断される。
4　同年6月10日、千葉東病院に移る。
5　同年10月28日、千葉東病院を退院して自宅に戻り訪問医療を受けるようになり、今日に至る。

振り返ってみると、この病状は3、4年前から徐々に始まっており、それがカレーライス事件をきっかけに顕在化したものと見える。それから1年間何がどうなっているかまったくわからないまま時間が過ぎ、２０１９（平成31）年3月22日の深夜、大学病院に搬送されることになった。その1年間は歩行が次第に困難になっていった時期で、ＡＬＳが進行していったのは事実である。

3月22日の直前の2、3週間は、今思えばそれこそ死の直前の状況であったと言うことができる。

それに比べれば、現在の状況は極めて健康的である。確かに身体的には歩行困難で車椅子での移動を余儀なくされ、人工呼吸器を取り付けられているために移動も困難ではあるが、その他は問題はない。

むしろ回復に向かっている点さえある。医学的なことはわからないが、千葉大に入院していたころは常に酸素の吸入が問題で、何かあると血液中の「酸素飽和度」（医療用語ではサチュレーション saturation という）が何パーセントかが問われていた。

ところが、千葉東病院に移って3か月くらい経った時点で酸素は自力でまかなえるようになったということで、酸素の吸入はやめることになった。現在でも毎日のように酸素飽和率の検査はしているが、97〜99パーセントの酸素は確保されている。かつてはちょっと移動する際にも酸素ボンベを携行していたのだが、現在はその必要はなくなっている。これは明らかに前進といっていいだろう。

さらに変わったのは食事である。千葉大附属病院に担ぎ込まれて2か月ほどは完全に栄養の注入だけで、固形物はまったく喉を通してもらえなかった。その後流動食程度の食事をさせてもらったが、千葉東病院に移ってからは「きざみ食」から「一口大食」になり、さらに「おかゆ」から普通の「ご飯」に変わった。退院するころにはほぼ普通食が食べられるようになっていた。食欲も増してきて、昼と夜の食事が待ち遠しいまでになってきた。

自宅に戻ってからも、朝だけは栄養の注入を行っているが、昼と夜は完全に普通食で何でも食べられるまでに回復している。とにかくバーベキューを楽しめるまでになっているのである。これも前進と言っていいだろう。

2 「病は気から」？

「病は気から」と言われることがある。これまで病気らしい病気をしたことのない私にはこの言葉も縁のない遠い存在だった。しかし、ＡＬＳを宣告された今、この言葉をかみしめている。

千葉東病院を退院する直前のことである。病院を訪れた妻が、たまたま退院することになったＡＬＳの患者さんの奥さんと話したことがあったという。同じ難病を抱える夫を持つことから話が合ったのだろう。その奥さんによれば、ご主人は毎日泣きながら「死にたい、死にたい……」と繰り返しているばかりだという。勝手に推測すれば、そのご主人は絶望感に陥っているということだろう。

私もいつかそういう状態になるかもしれないが、少なくとも今は違う。生きる望みもあるし、生きる道筋も見えている。「死にたい、死にたい」ではなく、「生きたい、生きたい」である。妻もそのような生き方をサポートしてくれている。

こう考えてくると、「病は気から」という言葉にもそれなりの意味があるのかな、と考えてしまう。毎日「死にたい、死にたい」と考えるのと、毎日「生きたい、生きたい」と考えるのとではやはり違いが出てきそうだ。

先に紹介した里中満智子さんのエールでは、「向かい風に立ち向かう先生の気力に感動しっぱなしです」とある。そうか、「気力」か……。でも「気力」って何だろう?

ひょっとして、「気力」というのは、「空元気《から》」のことかもしれないと考えるようになった。「がん」ならば相当に研究も進んでいて、何か月後にこうなるという予想も立てられるので、「空元気」で済ますわけにはいかないだろうが、ALSに関しては原因も治療法もわかっていないのだから、患者があれこれ考えても始まらない。だとすれば「空元気」を通すしかないのではないか。

酸素の件、食事の件、それに里中さんのエールのことを書いた「T2通信」45号(2019年11月20日発行)を会員に送ったら、山内芳文《よしふみ》先生から次のようなメールが届いた。

驚異的な回復ぶりに歓喜しています。やはり、意志の強さ、これは以前からただ者ではないと敬意をいだいておりましたが、それになにごとも前向きに考える天性としか思えない明るさにも驚嘆しています。この病気の通説を覆す、びっくりするような症例と、医師の皆さんも驚いていることでしょう。

私が通信で書いた事例が「通説を覆す」ようなものであるかどうかは、一患者に判断できることではない。心に残ったのは「なにごとも前向きに考える天性としか思えない明るさ」という言葉である。この言葉には考えさせられた。

第3幕でいくつものエピソードを通して述べたように、私の生き方は基本的に自由奔放、言い換えれば自分の好きなことを勝手にやってきたとしか言いようがないものだった。「なにごとも前向きに考える」とは、言い換えれば「なにごとも自分勝手に考える」ことだったようにも思える。しかし、そんな生き方や考え方がひょっとしたら、病気について良い結果をもたらしているかもしれない。そう考えると、「病は気から」という言葉にも意味があるのかもしれない。

3　知能はインタクト

さて、これからがいよいよ本題である。第2幕の最後に和田秀樹さんに登場いただき、ALSについての貴重なアドバイスをいただいた。その中に「谷川先生にもぜひALS

になっても知能はインタクトで、こんなことを感じて生きておられる、どんなことが不自由でどんなことができるということを示してもらえると本当に嬉しいです」というくだりがあった。「インタクト（intact）」とは、「損なわれていない」「そっくりそのまま」という意味である。つまり、和田さんが言われるのは、ＡＬＳになっても知能はインタクトであることを示してほしいということである。

いくら酸素の吸入がなくなり、食事が普通食に回復したとはいえ、身体的不自由さが増していることは事実である。現在は歩行そのものは不可能で車椅子生活を余儀なくされている。さらに人工呼吸器を付けているために、どこへ行くにも呼吸器を携行しなければならない。その意味で身体的には極めて不自由である。

しかし、思考力・判断力・認知力など知能面はまったく損なわれていない。つまりインタクトである。そうでなければ本書などを書くことは不可能である。執筆力なども落ちてはいない。それがどうやらＡＬＳの特徴らしい。

そういうことになれば、ＡＬＳ患者は知的能力を活かす生き方を模索すべきかもしれない。私の場合は本を執筆することが知的能力を活かす道だと考えている。車椅子に腰かけて机に向かいパソコンを打っている間は健康体のころとまったく同じテンポで仕事ができる。それが今の私の「生きがい」になっている。

（3）さらなる夢に生きる

1　サポートの輪

私が千葉東病院を退院して自宅に戻ったのは2019（令和元）年10月28日だった。それ以降在宅医療を受ける身になったが、まず驚いたのは、私一人の命を守るために実に多くの方々が協力してくださっているということであった。

訪問医の向井秀泰先生はとても気さくな先生で、2週間ごとに訪問してくださることになっている。千葉県ご出身とかで、私の『千葉 地名の由来を歩く』（ベスト新書）を書店で探したがなかったというので差し上げたらとても喜んでくださった。訪問医以外に看護師3名、理学療法士3名、言語聴覚士1名が毎週来宅し、さらに介護ヘルパーさんが毎晩徹夜で付き添ってくれることになっている。おまけに訪問入浴が週2回ある。

経験のないことなので、ケアマネージャーさんの言う通りにしたまでのことだが、これはすごい体制なのだと痛感した。これだけの専門家が私の命をサポートしてくれていることはすごいことだ。

理学療法士の一人神谷加奈子さんはとても積極的な人で、人工呼吸器の勉強会をしましょうという企画を出してくれた。どうやら、立場の違う多くの医療関係者が人工呼吸器についての共通理解を図ろうというのが開催の趣旨らしかった。神谷さんは「奥さんもぜひ参加してください」というので妻も参加することになった。

妻は当然、この勉強会は人工呼吸器についての一般的な会だと思って参加したのだが、実際は「谷川彰英」という一人の患者のケースに即して呼吸器をどのように使用するのかについての講習会だったという。参加者は訪問医の向井先生をはじめ、ケアマネージャー、看護師、理学療法士、介護ヘルパーなど私に関わってくれている関係者で20名近くに上ったという。呼吸器について業者からの説明があった後は、私の病状とその対応について意見が交換されたという。

病院では入院患者について定期的にカンファレンスが行われて患者に関する情報の共有化が図られているが、在宅医療に関してはこのような会が行われるのはまれであるという。ケアマネージャーさんによると、ALS患者に特化したこのような会を持ったのは初めてだという。

考えてみれば、私のささやかな命はこのように多くの皆さんの力によって支えられているのである。これは重く受けとめたい。

2 「障害者」ではなく「人間」として

現在の私は重度障害者で、障害者手帳では「1級」ということになっている。だが、本人の意識の中には「障害者」という意識はほとんどない。

私自身、経歴の上では障害者と無縁であるとは言えない立場にある。筑波大学では附属学校教育局の教育長として、盲学校（視覚特別支援学校）、聾《ろう》学校（聴覚特別支援学校）、養護学校などの管理運営に関わってきたし、筑波大学退職直前からは茨城県つくば市にある筑波技術大学の理事（非常勤）を10年近くも務めてきたからである。

筑波技術大学は小さいながらも国立大学法人で、視覚と聴覚に障害のある学生だけを受け入れるという極めて専門性の高い大学である。つまり、この大学においては視覚・聴覚に障害があるのが「当たり前」になっているのである。

だいぶ前のことになるが、東日本大震災にちなんだ読売新聞社の企画で、『五体不満足』の乙武洋匡《おとたけひろただ》さんと対談したことがある。乙武さんとの出会いはやはりエンジン01の会津でのオープンカレッジ（2006年）だったが、いつ見ても彼の表情は明るく屈託がない。それは生まれた時から「五体不満足」が「当たり前」で「普通」であったからだという。

「これもできない」「あれもできない」ではなく、「こんなこともできる」「あんなこともできる」と考えた方が前向きに生きることができる。そんなことを乙武さんから学んだ。

そう考えてくると、障害の有無が問題ではなく、「人間として」どう生きようとしているかが問題となってくる。

第2幕で近所の子どもたちに「人間としてやってるかーー!?」と声かけしたことを述べたが、本質はその辺にありそうだ。障害をことさらに強調するのではなく、「人間として」やっているかどうかを問えばいいことになる。

私の場合も、人工呼吸器を取り付けられている関係で外出も困難だということで、「できない」こともあるが、「できる」こともいっぱいある。本や新聞を読んだり、テレビを見たり、さらにはパソコンで原稿を書いたり、メールを打つこともできる。そんな可能性を追求することが前向きに生きることにつながってくる。

3 「第3の人生」？

私にとっての第1の人生は教育学者としての人生だった。その道を選択したことに悔いはない。少し長引きはしたが、その第1の人生は筑波大学の退職で一応の区切りとした。その後は第2の人生として地名作家の道を歩み順調に進んでいたかのように思っていたが、思いがけずその道半ばでALSの宣告を受けることになった。これは「運命」として受け入れるしかないと考えている。

私の地名研究は、「地名の由来を歩く」シリーズに象徴されるように、文献による調査と現地調査によるもので成っている。残念なことに現在の状況ではそのいずれもできない事態になっている。ただし、これまでの蓄積をもとに、『日本列島 地名の由来を歩く』（ベスト新書）を上梓する予定になっているし、さらに地名論集のような本を出せればと願っている。

いずれにしても、私に残された課題はこれまで書いてきた著作物にどれだけ上乗せできるかであろう。私の命が尽きてもこれらの著作は残る。それでいい。

そこで本書の位置である。この種の本を書くのは初めての経験で、どれだけの人々に迎えられるかについては自信はない。しかし、この本は私の第3の人生のスタートを示唆するものになるかもしれない。これからの私の人生がどこまで持つかによっても異なってくるが、もし第3の人生が始まるとしたら、間違いなくALS患者としての人生である。それがどんな人生なのか、またどのくらい続くのかは神のみぞ知る、である。

第2の人生で終わると思っていた私の命は、さらに第3の人生として永らえる可能性が出てきた。それは私の命の可能性を広げることになるかもしれない。

4 次の舞台へ

本書を書くに当たり、全体の構成を「章」にせずに「幕」としたのには、それなりの背景がある。「章」ではいかにも論文っぽくて面白みに欠ける。そこで舞台のステージの意味合いで「幕」としたのである。

「エンジン01文化戦略会議」のオープンカレッジには数多くの思い出があるが、その最大なものは高知大会（2009年）でのミュージカル出演であった。高知の地にちなむ「海とおりょうとピストヌル〜龍馬は水平線の向こうに何を見ていたのか？」というミュージカルを秋元康《やすし》さん総合プロデュースで企画・実行した。龍馬には元宝塚の姿月《しづき》あさとさん、おりょうには作家の林真理子さんが扮した。おそらく毎年行われるオープンカレッジのイベントの中でも史上最高のイベントであったろう。

あまたある役の中で、私は漁師の役を仰せつかった。私が漁師の長でその下に映画プロデューサーの村上典吏子《のりこ》さんとジャーナリストの秋尾沙戸子《さとこ》さんがついた。私たちに与えられた役目は幕と幕の間の時間帯を舞台の上で踊ることであった。私の人生の中で人前で踊るという行為ほど縁遠いものはなかった。しかも山国育ちの私には網を引く格好をせよと言われても皆目見当もつかなかった。

練習と言っても新宿の稽古場でほんの少しの手ほどきを受けただけで、直接高知へ。現地に着いたら、今度は秋元さんから漁師の踊りに「よさこい」を入れてほしいとの要請があり、我ら漁師組は必死にその要請に応えた。

そして本番……。漁師の踊りは何とかクリアした。しかし、その後に大きな課題が待っていた。龍馬が暗殺されて新しい明治の時代が始まる。ミュージカルの最後のステージは「明治の人々」ということで、私たち3人が「漁師」から「明治の人々」に変身して踊るという場面で構成されていた。

わずか5分の間に漁師姿からシルクハット姿の明治の人々に変身して舞台に登場することになった。でも最後どう踊ればいいのか詳しい指導はなかった。ただ、私が舞台の中心に立てと言われただけであった。

そして秋元さんからは、「間違えてもいいから、間違えた顔をするな」とだけ言われた。あとは適当に踊っただけである。

ミュージカルが終わってスタッフが壇上に並び何度も幕が下ろされた。会場を埋め尽くした観衆は総立ちで拍手を送る。涙を流している人も多かった。それを見た私たちも多くの人が歓喜の涙をぬぐった。

それはステキな体験だった。生涯自分がミュージカルに出演するなどとは夢にも考えていなかったので、余計そんな思いが募ったのであろう。

そんな思いもあって、「章」ではなく「幕」とした。秋元さんからいただいた「間違えてもいいから、間違えた顔をするな」という言葉は、妙に心に残っている。

私の人生の次のステージは間違いなくＡＬＳとのつきあいのステージである。言葉をちょっと変えれば、「闘いに負けてもいいから、負けた顔はするな」ということだろう。

龍馬は若くして命を落としたが、私はすでにその倍以上も生きている。その生きた証をほんの少しでも後世に伝えられたら……と思う。

谷川彰英　略年譜&著作一覧

＊年ごとに、年譜に関する事項の後に著作を月順に並べた。
＊ゴチックは単著を意味する。その他編著・監修等はその都度示した。

西暦（和暦）	年齢	月	事項・著書
1945（昭和20）年	8月26日		長野県東筑摩郡入山辺村、曹洞宗徳運寺次男として生まれる。
1952（昭和27）年	7歳	4	入山辺小学校入学。（この年の8月26日に7歳になったことを意味する）
1958（昭和33）年	13歳	4	松本市立山辺中学校入学。
1961（昭和36）年	16歳	4	長野県松本深志高校入学。
1964（昭和39）年	19歳	4	東京教育大学教育学部教育学科入学。
1966（昭和41）年	21歳	4	ABA教育研究会創設。
1967（昭和42）年	22歳	3〜9	ドイツ遊学。
1969（昭和44）年	24歳	4	東京教育大学大学院教育学研究科修士課程入学。
1971（昭和46）年	26歳	4	東京教育大学大学院教育学研究科博士課程進学。
		5	春山憲子と結婚。
1974（昭和49）年	29歳	11	千葉大学教育学部講師。
1976（昭和51）年	31歳	1	千葉大学教育学部助教授。

1977（昭和52）年	32歳	10	「社会科の新展開」全3巻（共編著）
			第3巻『文明と伝統の授業』（編著）（明治図書）
1979（昭和54）年	34歳	2	『社会科理論の批判と創造』（明治図書）
1981（昭和56）年	36歳	8〜11	アメリカ遊学。
1984（昭和59）年	39歳	4	『地名に学ぶ—身近な歴史をみつめる授業—』（黎明書房）
1986（昭和61）年	41歳	4	筑波大学教育学系助教授。
			…………
		7	『地名を生かす社会科授業』編著（黎明書房）
		10	『社会科教育指導用語辞典』共編著（教育出版）
1987（昭和62）年	42歳	8	「連続セミナー　授業を創る」結成。
			…………
		8	『地名教室—東葛飾を歩く—』（ニューファミリー新聞社）
1988（昭和63）年	43歳	5	『戦後社会科教育論争に学ぶ』（明治図書）
		8	『柳田国男と社会科教育』（三省堂）
1989（昭和64・平成元）年	44歳	6	『社会科の自由研究ヒント集』編著（黎明書房）
1990（平成2）年	45歳	8	『楽しく学べるヒント教材』全12巻（監修）（〜1992.10.明治図書）
		9	『ヒント教材が授業を変える』（明治図書）
1991（平成3）年	46歳	4	『小学校 生活科の指導案づくり』共編著（東京書籍）

		4	『小学校 地域学習の授業づくり』共編著（東京書籍）
		9	『生活科で授業が変わる』（明治図書）
1993（平成5）年	48歳	9	『問題解決学習の理論と方法』（明治図書）
		9	『授業って面白いね！先生』全9巻（監修）（～1994.11. 明治図書）
1994（平成6）年	49歳	4	筑波大学教育学系教授。
			…………
		11	『問題解決を呼ぶ社会科・生活科の授業』千葉県谷津小学校との共著（明治図書）
1995（平成7）年	50歳	11	『マンガは時代を映す』（編著、矢口高雄・里中満智子・永井豪著）（東京書籍）
1996（平成8）年	51歳	1	柳田国男研究で博士（教育学）の学位取得。
			…………
		8	『柳田国男 教育論の発生と継承―近代の学校教育批判と「世間」教育―』（三一書房）
		10	『生活科事典』共編著（東京書籍）
		12	『国際理解教育と国際交流―コミュニケーション能力を育てる―』太宰府西小学校との共著（国土社）
1998（平成10）年	53歳		総合的学習ビデオ教材『私たちの水』全3巻（総合監修）（紀伊国屋書店）
1999（平成11）年	54歳		『小学校総合的な学習授業ビデオ』全4巻（監修）（TDK）

		9	総合的学習ビデオ教材『食農教育編』全5巻(総合監修)(紀伊国屋書店)
		10	『趣味を生かした総合的学習』共編著(協同出版)
2000(平成12)年	55歳	4	筑波大学大学院教育研究科長。
			…………
		3	『21世紀の教育と子どもたち』全4巻(共編著)(東京書籍)
		4	『NHKたべもの大百科』全14巻(〜2001.4)監修(ポプラ社)
		7	『これからの教師』共編著(建帛社)
		12	『マンガ 教師に見えなかった世界』(白水社)
2001(平成13)年	56歳	2	『창의적 재량활동—취미와 학습의 통합—』(『趣味を生かした総合的学習』)(共編著)
2002(平成14)年	57歳	4	日本生活科・総合的学習教育学会会長。
			…………
		3	『地名の魅力』(白水社)
		7	『食の授業をデザインする。』(全国学校給食協会)
		11	『京都 地名の由来を歩く』(ベスト新書)
2003(平成15)年	58歳	4	筑波大学学校教育部長。
		5	エンジン01文化戦略会議会員。
			…………

		7	『東京・江戸　地名の由来を歩く』（ベスト新書）
2004（平成16）年	59歳	4	国立大学法人化に伴い、筑波大学理事・附属学校教育局教育長。
			……
		10	『地名の魅力』（白水Uブックス）
2005（平成17）年	60歳	4	『探検・発見　わたしたちの日本』全8巻（監修）（小峰書店）
		8	『日韓交流授業と社会科教育』編著（明石書店）
		11	『死ぬまでにいちどは行きたい六十六カ所』（洋泉社、新書y）
2006（平成18）年	61歳	4	日本社会科教育学会会長。
2007（平成19）年	62歳	4	筑波大学副学長。
			……
		11	『日本の教育を拓く―筑波大学附属学校の魅力―』編著（晶文社）
		11	『「いのち」と「こころ」の教科書　手塚治虫』監修（イースト・プレス）
2008（平成20）年	63歳	4	東京教育研究所所長。
			……
		3	『「地名」は語る―珍名・奇名から歴史がわかる―』（祥伝社黄金文庫）
		3	『グラフで調べる日本の産業』全8巻（監修）（小峰書店）
2009（平成21）年	64歳	3	筑波大学定年退職。
		4	筑波大学特任教授（筑波大学出版会編集長）。

		4	『大阪「駅名」の謎―日本のルーツが見えてくる―』（祥伝社黄金文庫）
		5	『まちのしごと日記―地域の役割の話―』監修（チャートブックス学習シリーズ）
		7	『「おかね」と「こころ」の教科書　手塚治虫』監修（イースト・プレス）
		10	『京都奈良「駅名」の謎―古都の駅名にはドラマがあった―』（祥伝社黄金文庫）
2010（平成22）年	65歳	4	筑波大学退職記念パーティー「夢のはじまり」。
		4	『奈良　地名の由来を歩く』（ベスト新書）
		5	『市民教育への改革』監修（東京書籍）
		9	『知らなかった！都道府県名の由来』（東京書籍）
2011（平成23）年	66歳	2	『東京「駅名」の謎―江戸の歴史が見えてくる―』（祥伝社黄金文庫）
		11	『名古屋　地名の由来を歩く』（ベスト新書）
2012（平成24）年	67歳	1	『地名に隠された「東京津波」』（講談社＋α新書）
		8	『ジュニア都道府県大図鑑ジオ』監修（学研）
		9	『名古屋「駅名」の謎―「中部」から日本史が見えてくる―』（祥伝社黄金文庫）
		12	津波シミュレーションコミック『もし東京湾に津波がきたら』原作（講談社）
2013（平成25）年	68歳	4	東京成徳大学特任教授。

年	年齢	月	事項
		3	『地名に隠された「南海津波」』（講談社＋α新書）
		5	『東京「地理・地名・地図」の謎』監修（じっぴコンパクト新書）
		7	『信州 地名の由来を歩く』（ベスト新書）
		9	『大阪「地理・地名・地図」の謎』監修（じっぴコンパクト新書）
2014（平成26）年	69歳	4	日本地名研究所所長。
			……………
		6	『東京の歴史地図帳』監修（宝島社）
		10	『東京・江戸 地名の由来を歩く』（ワニ文庫）
2015（平成27）年	70歳	1	一般社団法人マンガジャパン理事。
		4	公益財団法人中央教育研究所理事長。
		4	読売教育賞審査委員会座長。
			……………
		1	『47都道府県・地名由来百科』（丸善出版）
		3	『京都 地名の由来を歩く』（ワニ文庫）
		12	『戦国武将はなぜその「地名」をつけたのか？』（朝日新書）
2016（平成28）年	71歳	4	『地図と地名に秘められた北海道の暗号』監修（宝島社）
		10	『千葉 地名の由来を歩く』（ベスト新書）
		10	『地図に秘められた「東京」歴史の謎』監修（じっぴコンパクト文庫）

2017（平成29）年	72歳	10	『地図に秘められた「大阪」歴史の謎』監修（じっぴコンパクト文庫）
		8	『埼玉 地名の由来を歩く』（ベスト新書）
2018（平成30）年	73歳	2	体調不良に陥る。
			……………
		3	『「六本木」には木が6本あったのか？――素朴な疑問でたどる東京地名ミステリー』（朝日新書）
		6	『重ね地図で読み解く京都1000年の歴史』監修（宝島新書）
2019（平成31・令和元）年	74歳	3	救急車で千葉大学附属病院に搬送。
		5	ALSと診断される。
			……………
		7	『一生に一度は行きたい京都の寺社100選』監修（宝島社）

あとがき

ＡＬＳを宣告されたのは２０１９（令和元）年5月30日のことですが、それ以降本書をどのようにまとめるかで迷い続けました。何しろ病気らしき病気をしたことのない身でしたので、医学や医療関係の知識はゼロに近く、戸惑うことばかりでした。

それでも一定の危機を乗り越えることができたのは、医療関係の皆様のお陰ですが、それに匹敵するくらい、これまでおつきあいいただいた多くの皆様の励ましの言葉をいただいたからでした。家族や兄弟など親族の支援援助があったことはもちろんですが、教え子・知人・友人などのエールから大きな「生きる力」を与えていただきました。

本書でも随所に紹介させていただいた「Ｔ２倶楽部」の会員の皆さんからの言葉はとりわけ大きな力になりました。このＴ２倶楽部の皆さんに私の真情を吐露することによって、私は救われたと言っても過言ではありません。本当にありがとうございました。

何よりも嬉しかったのは、私の病状を伝えることによって皆さんからも胸の内を吐露するエールをいただけたことです。ともすれば年賀状のやりとり程度のおつきあいしかできていなかった方とも、心の内を明かしたコミュニケーションがとれたことは大きな喜びでした。それは私と妻との間にも言えることでした。ＡＬＳという共通の敵（？）が現れたことで、夫婦の絆は一層強まった感じがしています。

そして不思議な現象が起こってきました。エンジン01文化戦略会議がＡＬＳと闘う私を応援する呼び掛けを行ったということは、第4幕で里中満智子先生からのメールで紹介しました。私はせいぜい5、6人の会員が応えてくれるものと思い込んでいましたが、実際には60名近くの会員の皆さんが応じてくれたということがわかりました。これには正直びっくりしました。これは、ＡＬＳという厄介な難病に立ち向かう無力な私を少しでもサポートしたいという会員の皆さんのメッセージなのでしょう。そのためにも生きねば、と考えています。これは私にとっては「奇跡」に近い出来事でした。

もう一つ驚くことが起こりました。Ｔ2倶楽部の支部の一つに鳥取支部がありますが、これはやはりエンジン01のオープンカレッジが鳥取市で２０１２（平成24）年に開催されたことがきっかけでできたものです。その後毎年暮れには私が鳥取に駆けつけ忘年会をやっていたのですが、私が体調を崩したこの2年は参加できませんでした。

そして、２０１９（令和元）年の12月7日、私が不参加のまま忘年会を開くことになり、会員10名が参加したそうです。その席で何と、谷川先生が来られないなら、私たちが先生宅に行ってバーベキューをやろうということになったそうです。もちろん美味しい鳥取和牛を持参とのこと！　鳥取から千葉市にある私の家まで来て鳥取支部のバーベキューをやろうというのですから、話は尋常ではありません。でも、そこまで考えてくれる会員の皆さんの気持ちには感謝の言葉しかありません。これも小さな「奇跡」の一つです。

一般に本は全体の論理構成を予めきちんと考えて書き上げるものですが、本書ではそんな風にはできませんでした。第1幕で意味不明の体調不良で悩まされた顛末を書き、第2幕ではALSを告知された後に考えたことを書きました。第3幕では自分の生き方を振り返り、第4幕ではこれからどう生きるかについて私の思いをしたためました。書き下ろしですので、その時々での表現にも若干の変化が見られますが、ご容赦ください。

また、紹介させていただいているお名前への敬称もまちまちです。「先生」であったり「氏」であったり、「さん」や「君」であったりですが、これも普段使い慣れている表現を使わせていただきました。失礼の段お許しください。

本書を手に取っていただいた方々の中には、ALSなどの難病に立ち向かっておられる方や関係者の方も多いはずです。そのような皆さんと手を取り励まし合うことができればと考えています。本書へのご感想やご意見は、次のアドレスにお送りください。

antanikawa@kyf.biglobe.ne.jp

本書執筆に当たっては、企画段階から本の完成まで東京書籍顧問の内田宏壽氏にお世話になりました。改めてお礼申し上げます。また、素敵な装丁をデザインしていただいた森嶋則子さん、そして帯に心温まるメッセージをいただいた里中満智子先生にも感謝申し上げます。ありがとうございました。

最後に、一人では何もできない私を支えてくれている全ての皆さんに本書を捧げます。

谷川彰英

著者 **谷川彰英**（たにかわ　あきひで）

1945年長野県松本市生まれ。作家、筑波大学名誉教授。松本深志高校から東京教育大学教育学部に進学し、教育学者としての道を志す。千葉大学助教授を経て筑波大学教授、理事・副学長を歴任するも、退職後は地名作家の道を選び、地名に関する多くの著書を世に送り、順調に第2の人生を送っているかに見えた。しかし、2018年2月体調を崩し、1年後に検査の結果、難病のALSと診断される。それ以降も難病と闘いながら執筆活動を続けている。代表作に『京都 地名の由来を歩く』（ベスト新書）に始まる「地名の由来を歩く」シリーズなど多数。

装丁　森嶋　則子（株式会社スピーチ・バルーン）
本文デザイン　長谷川　理

ALSを生きる—いつでも夢を追いかけていた

令和二年三月二七日　第一刷発行

著者　谷《たに》川《かわ》彰《あき》英《ひで》

発行者　千石雅仁

発行所　東京書籍株式会社
〒一一四−八五二四　東京都北区堀船二−一七−一
電話　〇三（五三九〇）七五三一（営業）
〇三（五三九〇）七五三四（編集）

印刷・製本　図書印刷株式会社

定価はカバーに表示してあります。
乱丁・落丁の場合はお取り替えいたします。

https//www.tokyo-shoseki.co.jp
ISBN 978-4-487-81375-9 C0095